十九世纪俄罗斯文学的文化母题

屠茂芹 著

齊鲁書社

山东省社会科学研究项目文丛·重点项目

目　录

第一编　情结篇

第二编　情感与心灵模式

第三编　综合篇

第一编

情结篇

19 世纪俄罗斯文学中的“圣母情结”

“情结”是一个心理学概念，最早来自荣格的心理学说。荣格认为情结是有关观念、情感、意象的综合体。他还将情结形容为“无意识之中的一个结”，“是人内心深处一股心理冲动”。[①]

其实，所谓情结，是个人潜意识中一组组心理内容的聚集。它有自己的驱力，并可以强有力地控制与支配一个人的思想与行为。一些精神症状根植于情结之中，情结类似于“瘾”或“执着地追求”。

而民族的某种情结，则是民族集体潜意识的一种冲动，一种非理性的、却是定向的心理“纠结”。

19 世纪俄罗斯文学的“圣母情结”是 19 世纪俄罗斯文学集体无意识的表现。它是一种从悲悯情怀发展到女性崇拜进而上升到圣母情结的心理现象在文学中的表现。在整个 19 世纪，它从隐性发展到显性，从无意识发展到自觉，从一种情怀发展到近似宗教信仰。

---

① ［瑞士］荣格著，刘国彬、杨德友译：《荣格自传》，国际文化出版公司 2005 年版，第 2 页。

一、19世纪俄罗斯文学的"小人物"传统

在19世纪初期普希金的创作中,圣母情结仅表现为一种感性的人道主义。

《驿站长》开启了19世纪俄罗斯文学写"小人物"的传统。小说描写了一个凄凉的故事。萨姆松·维林虽然是一个"站长",却是俄国官僚阶层最末级的十四品。这个官职仅让他能免于遭遇过往客人的拳打脚踢,但有时连这个也不能幸免。这是一个十分辛苦、寂寞的职业,是实实在在的"苦役"。旅客把一路枯燥乏味的旅行所憋出来的满腔闷气一股脑都发泄到了驿站长身上。天气坏,行路难,车夫犟,马匹懒——全都怪他!萨姆松·维林唯一的安慰是他美丽可爱的女儿。但是这唯一的安慰还被过路的骠骑军官粉碎了——骠骑军官拐走了他的女儿。维林跑到京城找寻女儿,被骠骑军官提着衣领撵了出来。伤心的维林很快抑郁而死。他最后的归宿是一块荒草萋萋的墓地。

这样的小人物的悲剧在农奴制时代的俄国经常发生。《驿站长》的独特魅力并不单单在维林的悲剧命运,更在于叙述者(作者)悲天悯人的态度与小人物没有距离的质朴与亲切感。普希金之后,果戈理、陀思妥耶夫斯基写了《外套》、《穷人》等作品,继续发扬知识分子站在弱势阶层说话的传统。《外套》谴责了凌辱底层小公务员的专制官僚制度;《穷人》则挖掘了下层人民在苦难中相互帮助、相互

扶持的高贵品质和他们对尊严的渴望。

《驿站长》、《外套》、《穷人》奠定了19世纪俄罗斯文学悲情的一面，呈现出一种悲天悯人的情怀。它关心体贴小人物的苦难，对穷人缺乏尊严的生存处境感同身受，对凌辱底层人民的权势者充满义愤。

一般论者容易把这种悲悯情怀等同于西方文学的人道主义。其实，仔细体味，会发现两者有很大的不同。西方的人道主义文学也关注、同情下层人民，但这种关注、同情是居高临下的、理性的。如维克多·雨果在《悲惨世界》、《九三年》等作品中虽然同情芳汀、朗德纳克、郭文等人的命运，但并不完全认同他们的思想价值观念，笔触也是客观冷静的。这就使作者与被同情的人物之间有了距离。这种有距离的同情带有施舍的味道。

而无论是普希金还是陀思妥耶夫斯基，他们用感受、感情把自己与笔下的小人物联系起来。很多时候，作者与他笔下的小人物是合一的。在作者与人物之间，形成"同感"效应。与欧洲的理性人道主义相比，19世纪俄罗斯文学中的这种人道主义是感性的、属于心灵的，姿态上是对等的。笔者认为，如果说欧洲的人道主义是父性的，那么俄罗斯的人道主义就是母性的，她和弱者之间有着血肉相连的关系。

普希金的另一部诗体小说《叶甫盖尼·奥涅金》中的女主人公塔吉亚娜，就是这种母性人道主义的艺术象征。

塔吉亚娜是一个乡村贵族少女，爱上了京城来的贵族青年奥涅金,她勇敢地向他表白,却被拒绝了。奥涅金离开后,塔吉亚娜为了安慰母亲,嫁给了彼得堡的一位老将军。三年后,浪游归来的奥涅金狂热地爱上了上流社会端庄的贵妇塔吉亚娜。而仍然爱着奥涅金的塔吉亚娜再一次向奥涅金表白了自己的感情:她还爱着他,但她必须忠实于自己的丈夫。

塔吉亚娜被认为是19世纪前期俄国优秀贵族妇女的典型,一个体现了俄罗斯文学民族性的典型形象。这一形象的特质就是爱、牺牲、同情、包容。对于塔吉亚娜来说,爱就是全部生活,而牺牲就是爱。除了爱与牺牲,塔吉亚娜更有着悲悯的心怀和无限的包容心。她爱自己的乳母,爱朴素的乡村风光,爱幽静的乡间小道,爱奥涅金勇于追求而又十分孤独的灵魂。在塔吉亚娜这里,更可贵的是她的包容与同情,她同情自己愚陋而善良的父母及乡邻,她包容彼得堡上流社会的扰攘,包容奥涅金对她的反复无常,包容自己没有爱情的婚姻。爱与包容,构成了塔吉亚娜灵魂的两个支柱。所以,有论者认为塔吉亚娜就是一个圣母玛利亚式的女性。

这一倾向在19世纪俄国另一位著名作家屠格涅夫的创作中表现为女性崇拜。屠格涅夫笔下的女性,无论是《罗亭》中的娜塔莉亚、《贵族之家》中的丽莎、《前夜》中的叶莲娜,还是散文诗《门槛》中的那位俄国姑娘,个个都勇敢、坚强,随时准备为爱情、理想献身。而反观她们身边的男人们,或优柔寡断,或退缩怯懦,在理想与爱情面前徘徊迟疑,缺乏勇往直前的勇气。

从《驿站长》中关注底层人民的悲悯目光,到《叶甫盖尼·奥涅金》中塔吉亚娜身上的圣母意味,以及屠格涅夫创作中的女性崇拜,在19世纪的俄罗斯文学中,存在着明显的圣母情怀。而经过一系列作家和哲学家的发挥、阐释,遂升华为一种圣母情结。

二、"圣母情结"的宗教文化渊源

文学艺术是民族意识的形象表现。19世纪俄罗斯文学中的圣母情结是俄罗斯民族意识的表现,其源头则来自俄国的宗教文化。

圣母情结在宗教文化中的原型之一是"圣像"。

与欧洲基督教教堂中多悬挂耶稣受难像不同,俄国的东正教的主要宗教符号除了基督耶稣,还有"圣母像"。

东正教是被改造了的基督教。这种改造主要加入了俄国人善感的心灵。基督教的《旧约全书》是犹太人的经典。犹太人注重律法的传统在基督教中被延续下来。这一传统在新教社会中被进一步发扬光大。在欧洲的新教国家,人与人之间,甚至人与上帝之间,律法把这些关系的职责划分得十分清楚。耶稣受难像表达的是耶稣牺牲自己以拯救世人,世人也应以"牺牲"、"爱"来回报耶稣之爱。在这种信仰体系中,人与人之间,人与神之间,是有距离的。神是外在于人的。

在基督教的世界里,俄国是最崇拜圣母的国家。在俄国，几乎每一座教堂都有圣母像。圣母像的宗教含义与耶稣受难像不同，她并不强调牺牲，而是强调温暖，强调悲悯。圣母像中的圣母目光慈祥、温柔，充满爱意，抱着圣子耶稣，耶稣将为拯救人类而献身，圣母对儿子未来的悲惨命运有着深深的忧虑和悲痛。这种怀抱圣婴的圣母形象获得了一种诗意的名称——怜悯。圣母的神性是内在于人的。

同时，东正教教义并不像基督教强调人的原罪，也并不过分强调地狱的惩戒，所以在俄国的宗教体系中，神的姿态低一些，人的位置比天主教与新教社会中人的位置要高一些。而俄国宗教信仰的实质就不像欧洲国家那样用宗教戒律来克制自己，用“善”来赎前世之罪，以求死后到达天堂。俄国宗教信仰强调的是人可以不断自我完善，以至于达到神的境界。人需要不断努力的，是消除自己身上兽性的一面，提升自己身上神性的一面，消除与神之间的距离，实现人与神的和谐统一。

圣母像并不单单是一个宗教符号，她还具有深远的象征意义。在俄国，许多虔诚的信徒认为圣母像具有非凡的“神力”，是可以显灵、能够制造奇迹的。而圣母崇拜对世俗俄国也具有广泛的影响。在文学作品以至世俗生活中，我们经常能看到这种悲悯的情怀。它成了俄罗斯文学作品的主要审美情感形式和世俗生活的至高情感品味。这不仅体现在 19 世纪俄罗斯的文学创作中，而且在世俗生活中，我们也可以看到这种影响。如十二月党人起义失败后，参加起义的俄国贵族军官的妻子们——上流社会的贵妇，放弃尊贵的身份，抛弃舒适的生活，追随自己的丈夫流放到遥远而荒凉的西伯利亚。在这些勇敢的女性身上，我们可以看到圣母的影子。

圣徒传说是圣母情结心理结构的源头。

俄国从古代起就有丰富的民间传说，最受欢迎的民间传说之一是圣徒传说。其中，《鲍里斯与格列勃传说》是深受大家喜爱并广为人知的。这是一部基辅罗斯时期的圣徒行传。它记述的是基辅罗斯大公弗拉基米尔死后，他的儿子鲍里斯和格列勃被另一个儿子斯维亚托波尔克杀死的故事。鲍里斯不愿牺牲民众性命来保护自己，所以明知道哥哥要对自己下毒手，也不听从武士们回到基辅夺回王位的建议，而是独自留下等死。格列勃与鲍里斯一样，面对死亡的威胁，他不是起来战斗，而是“用忍耐增强自己的灵魂”，准备把自己的灵魂献给上帝。

《鲍里斯与格列勃传说》在俄国代代相传，其宗教色彩越来越浓。这种面对杀伐引颈就戮的善良与顺从，这种用爱来包容一切甚至恶的宽广胸怀，这种为了达到善的境界甚至与恶采取合作的态度，体现的是圣母意味的悲悯。它与耶稣在十字架上的牺牲不一样，它并不拷问人类的原罪，也不击打人类的良心。

鲍里斯和格列勃是爱、顺从、不抵抗的典型，这一典型对俄罗斯民族气质的影响十分深远。我们从后世斯拉夫主义者的主张中，从陀思妥耶夫斯基和托尔斯泰的作品中,可以看到此点对他们的影响。尤其是托尔斯泰的“不抵抗主义”,与其有着明显的渊源。

圣母情结与俄罗斯文化本原是同构的。

德国文学家斯宾格勒认为,俄罗斯文化本原的空间形式是广阔的原野。西方的文化心理是仰视,而俄国人是平视。“两种心灵的死亡冲动也是有区别的,对于西方人来说,它是想方设法向无限空间突进的热情,而对俄罗斯人来说,它则是自我的一种表达和扩张,直到‘彼物’在人身上变成与无边的原野本身相同一的东西。”[①]斯宾格勒认为,俄罗斯心灵习惯于在一个平面上表达兄弟之爱,它的神并不是高居上空。所以神秘的俄罗斯式的爱是一种原野之爱,是对沿着地面全部处于同等压力之下的且生死与共的兄弟的爱,是对流浪于大地之上的备受考验的可怜的动物的爱,是对植物的爱,但不是对鸟儿、云彩和星辰的爱。这样,就对神的信仰来说,西方人是崇拜,而俄国人则是自我扩张——扩张到像神一样伟大。

俄国的神不是一个拿着功过簿在天堂、地狱奖励、惩罚人类的严厉判官。她与人类平等甚至姿态更低一些,她用慈悲之心包容人世,包容人世的罪恶和黑暗。正因为她就在众生之间,所以在日常生活中可以看到她的影子。尤其是在苦难的人群中,可以看到她的化身。神和我们生活

① [德]奥斯瓦尔德·斯宾格勒著,吴琼译:《西方的没落》,上海三联书店2006年版,第28页。

在一起,她不在远处。质朴的俄罗斯心灵不能接受一个高高在上的神。

俄国的宗教文化在宗教心理、信仰特点以及文化本原方面与欧洲文化有着相当大的差异。18 世纪打开国门学习西方后,俄罗斯文化遭遇了强势而精致的西方文化。俄国给欧洲的感觉不过是“野蛮的北极熊”,它的优势和魅力完全无法展现出来。斯宾格勒认为,俄罗斯文化因此而形成一种“假晶现象”①。面对科学、文化相对发达的西方文化,年轻的、尚未发育成熟的俄罗斯文化被欧洲文化这一外壳包裹了,年轻的情感僵化在衰老的作品中,以至于不能发挥自己的创造力。

正像人不能靠模仿别人生存,文化也不能抛弃自我而发展。19 世纪开始,俄国西欧派与斯拉夫派之争持续了几百年,影响了整个俄国的思想文化界。

圣母情结正是俄罗斯文化深处的自救冲动,是冲破欧洲文化外壳回归自我本原的冲动。它与 19 世纪俄罗斯文化现象中的欧化、进步化要求之间的冲突是 19 世纪俄罗斯文化人最基本的心灵冲突。所以,尽管许多论者认为靠

① 所谓“假晶现象”,就是在岩层中常常掩埋着矿石的结晶体,由于水流的冲刷,形成了一些结晶体的外壳。由于火山爆发,熔岩流注到空壳中,然后依次凝聚、结晶。这时,就会出现其内部结构与外表形状相抵触的结晶体,明明是某一种岩石,却表现了另一种岩石的外观。矿物学家把这种现象叫做假晶现象。参见[德]奥斯瓦尔德・斯宾格勒著,吴琼译:《西方的没落》,上海三联书店 2006 年版,第 29 页。

圣母情怀救世不免幼稚、自欺欺人，是一种在人类自身本性中寻求道德真理的幻想，是科学理性的头脑所不屑的，也是正派宗教不相信的，[①]但圣母情结还是在俄罗斯文学领域和哲学领域中掀起了一阵飓风。

三、“圣母情结”的现实救赎

19 世纪俄罗斯文学到了中后期，由于社会矛盾激化，面临着严峻的现实问题。每一个作家在自己的创作中都必须回答一个问题：俄国应该怎么办？俄国将走向何处？在一部分作家的创作中，圣母情结演化为宗教理念，并被赋予“救世”的功能。这尤其体现在陀思妥耶夫斯基中后期的一系列作品中。

面对现实问题和民族的未来走向，陀思妥耶夫斯基有着强烈的使命意识和干预意识。他的答案就是：宗教理想化、社会化。他倡导一种理想化的人格：虔诚、善良、容忍、顺从。但实际上，作家的思想是相当矛盾复杂的。在作品中，他采用对话、辩论的方式来反映他的矛盾。他着力塑造的主人公，都是一些无神论者和反叛者。他们的主体倾向是：否定上帝，达到人的完全的自由！人像神一样，具有自由和尊严！但是这些倔强的个人主义的反叛者，如《罪与罚》中的拉斯科尔尼柯夫，《卡拉马佐夫兄弟》中的伊凡

① ［俄］K. H. 列昂捷夫：《论普世之爱》，见［俄］Вл. 索洛维约夫等著，贾泽林等译：《俄罗斯思想》，浙江人民出版社 2000 年版，第 130 页。

等，他们的最终命运要么忏悔、赎罪，要么失去理智，变得疯狂。可以说，他们提出了自由和人在现代社会中的地位的问题，包括现代社会的人生的根本问题以及人类的主要困惑等，但他们的解决方式引出了更大的问题，所以，他们不是问题的解决者，问题需要另外一类人来解决。

解决问题的一类人就是《罪与罚》中的索尼娅，《卡拉马佐夫兄弟》中的佐西马长老、阿辽沙。他们是陀思妥耶夫斯基"普世同情心"、"博爱"思想的表达者。索尼娅这一形象可以作为这类人的代表。陀思妥耶夫斯基曾表示，他正是要在这些底层小人物身上读出基督之名。不过，与其说这一人物是基督的象征，不如说她更带有圣母的意味。这一形象最明显的特质是她所代表的苦难。面对酗酒的父亲、有肺病又歇斯底里的继母以及完全没有生存能力的弟妹，这个虔诚、纯洁的少女不得不做妓女来维持全家的生活。她的另一特点是虔诚。生活几乎要把她逼入地狱，她却仍信仰上帝，信仰至善。

苦难与信仰铸就了索尼娅崇高的灵魂。这个在世俗眼光中卑微、柔弱的女人，用自我牺牲来避免一家人流落街头，用质朴的虔诚引导拉斯科尔尼柯夫一步步向善。拉斯科尔尼柯夫杀人后不肯忏悔服罪，索尼娅为他读《圣经》；正是在索尼娅的信仰力量和《圣经》的感召下，骄傲的拉斯科尔尼柯夫终于感到自己并没有权力杀人，最终去投案自首。据有关资料，当年《罪与罚》初版审查时，索尼娅念《圣经》这段内容没有通过，当局认为让一个妓女念《圣经》是对宗教的嘲弄,要求作者必须删除。但陀思妥耶夫斯基非常坚持,认为这一部分是全书的高潮,也是全书的精华所在。

索尼娅对于拉斯柯尔尼柯夫来说,是一个慈悲的拯救者;《卡拉马佐夫兄弟》中阿辽沙与佐西马长老对于伊凡·卡拉马佐夫与德米特里·卡拉马佐夫有同样的意义。

有意味的是,《白痴》中的梅希金公爵在一般论者看来应该属于这类拯救者。与索尼娅、阿辽沙一样,他也是用爱拯救周围的人,尤其是对不幸的女性、美的化身娜斯塔西亚。但实际上,梅希金没有拯救任何人,他的一系列努力只加速了悲剧的进程,也加速了自己的毁灭。在故事的开头,他只是因为“至善”被称为“白痴”,到了小说的结尾,他变成了真正的“白痴”。小说充满着绝望的情绪。

梅希金为什么不能像索尼娅、阿辽沙那样拯救?这是因为:梅希金的爱不是圣母式的,而是基督式的。这一点可以作家的创作笔记为证。作家在为这部小说所写的笔记里写道:梅希金公爵是基督。他的出身就具有象征意味,他不是与周围丑陋、苦难的现实共生共长的,而是在瑞士的深山中隐居多年后来到这个丑恶的小城的。他的出现,很容易使人联想到基督降临人间,降临到沸腾着邪恶情欲的生活中。他用善来对抗社会的恶。而对抗就显示了他与社会的异质关系。他对娜斯塔西亚的爱也是有距离的、居高临下的,其实质是怜悯。这种爱是骄傲的娜斯塔西亚所无法接受的。

真正的俄罗斯心灵只能接受同质的爱、兄弟的爱。俄国有一句俗语:众人一起下地狱,好过一个人升天堂。所以,《罪与罚》中的拯救者索尼娅从事着罪恶的妓女职业,《卡拉马佐夫兄弟》中的阿辽沙有一个罪恶的父亲,而他的几个兄弟,或是思想上的弑父者,或是情感上的弑父者,或是现实中的弑父者。他们面对现实的黑暗,就如同母亲面对犯罪的逆子无法摆出正义的姿态一样,只能用善良、克制、忍耐、包容去一点点地引导、感化。

这种圣母式的拯救,其姿态是被动的,方式是柔软的,心态是包容的。作者尤其强调他们的卑微,强调他们作为俄国底层人民的代表性,用作者自己的话说就是:我们俄罗斯人,越是卑微,越是伟大。在宗教的意义上,这显然与圣母玛利亚的平民出身以及其纯洁的品性具有意象上的关联。

如果将其上升到认识论的高度,便类似中国老子所提倡的道家哲学:以柔克刚,以弱胜强,以静制动。这些柔弱而善良的心灵像水一样冲刷着现实中的丑恶,涤清着社会的黑暗肮脏,引导疏通着前进中的混乱。

陀思妥耶夫斯基认为,在 19 世纪中后期俄国所面临的十字路口上,正需要这样的灵魂的指引。

四、"圣母情结"——俄国宗教信仰的新时代

西方文化在人神关系上走过了中世纪的"神压制人"的人神对立时期,经历了人反抗神的文艺复兴时期,到了 19 世纪末期,尼采喊出"上帝死了"的名言,神的权威受到了前所未有的挑战。人进一步否定了神。

可以说,西方文化中的人与神一直处于一种对立状态,双方力量在不同时代往往是此消彼长。而俄罗斯文学由于感性、浪漫,由于包容的特质,俄国的作家们一直在寻求一种"人神和谐"之道、"人神合一"的理想状态。当西方宗教由于其内在矛盾走向了无神论,敏感的俄罗斯心灵意识到这是重建信仰的时代。

陀思妥耶夫斯基在纪念普希金的著名演说的最后作了一个预言。他认为,正是普希金作品中所表现的同情心,这种与全人类同感的俄罗斯心灵,将是欧洲苦闷解脱的出路,将引导欧洲甚至全世界找到未来的出路。"成为一个真正的俄罗斯人,就只能意味着成为所有人的弟兄,也可以说是成为全人类的弟兄。"①

如果说普希金是在无意识中、陀思妥耶夫斯基是在潜意识中捕捉到俄国宗教信仰的"圣灵"时代,那么索洛维约夫、梅列日科夫斯基等人就是对此进行了正式的、宗教化的表达。他们的理论把这个民族内心深处涌动的渴望温柔、渴望包容的情结意识化了、思想化了。

索洛维约夫是19世纪末期俄国著名的哲学家。"神人论"是索洛维约夫哲学思想的一个核心。他提出人应与神合作,并且认为人类历史的目的就是要使神人合一,精

① 《普希金——在俄国语文爱好者协会会议上的演说》,见[俄]Вл. 索洛维约夫等著,贾泽林等译:《俄罗斯思想》,浙江人民出版社2000年版,第124页。

神与自然合一。世界的再生是人与上帝一起实现的。

“永恒女性”说是索洛维约夫又一宗教理论学说,他认为:永恒的女性就是“索菲亚”,是神的智慧的最高体现。这位完美的女性甚至在混沌之初就作为上帝的“他者”而存在。这个永恒女性是真善美的统一,她从上帝那里获得了自己的形式。她是基督的肉身,就其普遍性来说,索菲亚就是教会,而作为女性个体,则体现为圣母玛利亚,其尘世形象就是一位忘怀的母亲。这一学说显示了索洛维约夫力图把神从天上降到地面,让其具有更多的现实性甚至更多的世俗性,在现实层面指导人的生活,从而实现“神人合一”的境界。

梅列日科夫斯基的宗教思想,简言之,就是“第三约思想”。他认为,第一约是《旧约》时代,是人与圣父;第二约是《新约》时代,是人与圣子;“第三约”是“新宗教意识”时代,是圣灵时代。梅列日科夫斯基对圣灵有自己的理解,他认为圣母永恒的女性气质就是圣灵。因此,他观念中的圣“三位一体”就是圣父——上帝、圣子——基督、圣灵——圣母。梅列日科夫斯基认为,人类真正的拯救要在“第三约”时代完成,这是对传统基督教教义的巨大颠覆,因此是一种“新宗教意识”。①

梅列日科夫斯基的“第三约”时代说,显示了俄罗斯民

① 参见任光宣:《俄罗斯文化十五讲》,北京大学出版社 2007 年版,第166 页。

族的使命意识。俄国人自接受基督教以来，就认为自己是一个肩负着上帝赋予特殊使命的民族。他们认为，与基督教其他教派相比，东正教的宗教信仰更加纯洁，东正教保持了“精神的内在完整”。俄国人不仅要寻找自己民族的发展道路，而且要承担起为欧洲指引方向的重要历史使命。莫斯科将是“第三罗马”，将是整个欧洲基督教的中心。即使到了现当代时期，这个民族仍存有这种救世使命感。

历史上的俄国多次经受战乱之苦，在19世纪末期那个混乱无序的年代，战争几乎一触即发，俄罗斯民族陷入了痛苦、迷惘之中，这时的俄罗斯心灵更需要抚慰、怜悯。人的灵魂就是世界的影子。当俄国人需要抚慰时，他们认为，至高无上的神就是一个抚慰者、一个悲悯者，是一位体现了爱、顺从、包容之本质的女神。

俄罗斯文化也就体现为在永恒女性之爱的光辉笼罩下的感性文化。这是俄罗斯文化的活力所在，也是俄罗斯文化的突出特点。

一般人印象中的沙皇俄国，是侵略、扩张的，是野蛮、雄武的，带有雄勃的冲动、残暴，而没有注意到其阴柔的一面、温暖的一面、女性的一面。正如本尼狄克特形容日本文化的两面性是“菊与刀”，俄国国旗上的双头鹰标志也是俄罗斯文化雌雄双体的象征。

19世纪末期的俄国陷入混乱之中，传统的宗教价值观念分崩离析，宗教道德领域亟须重建规范。如何抑制人欲横流？如何消解贫富悬殊造成的人心失衡？如何化解激烈的社会矛盾？暴力革命是强有力的手段，但有其弊端。而圣母情怀则如黑暗中的灯塔、浮躁社会心态的抚慰剂。它的现实效力无法衡量，但对民众的精神与心理层面有着莫大的影响和意义。

应该看到，普希金、陀思妥耶夫斯基这些文学家虽然都在提倡爱、宽容、忍耐等宗教道德观念，但在信仰层面上，他们并不是坚定的有神论者。在宗教与道德之间，他们无疑是更看重道德的。之所以要给道德观念加上宗教的外衣，是他们认识到，道德宗教化可以提升道德的神圣性和权威性。把道德意识和道德规范纳入宗教体系，给它的起源一个神性的说明，给它的施行一个神性的保证。

19世纪俄罗斯文学中的“草根崇拜”

中国的至圣先师孔子说“上智下愚”;“亚圣”孟子又说,“劳心者治人,劳力者治于人”。在统治者、士人和普通劳动者之间划出了一道智慧与愚蠢、治人与被治的界线。因为先有智慧与愚蠢的区分,治人与被治就是合理且合法的事情。孔孟的这一思想在封建社会被统治者用来确立“社会秩序”,成为驯化百姓的愚民方略。儒家思想深入人心,影响至远。中国封建社会长达两千多年,历经外族入侵、农民起义、更迭换代。换来换去的是王朝历代,一成不变的是封建制度。中国封建社会的“官本位”思想,其思维模式可以演绎为“位高 = 权重 = 智足”;这正如欧洲在宗教改革后,加尔文宗等新教徒认定谁越富有,谁越足以证明自己是上帝的选民。把人的发财欲望与信仰结合起来,欧洲的资本主义从此步入快车道。

中国封建社会在把权势演绎得淋漓尽致之外,智慧崇拜在其中也扮演着举足轻重的角色。中国历史上有许多有才智和谋略的人,在这些智慧者面前,有时拥有权势者反而成了傀儡。当然,中国历史上的智慧者要才得其用,就必须依附权势，为权势效力，方有出头之日。所谓“习得文武艺，卖与帝王家”。不管是文韬还是武略，最终的目标都是效忠帝王。

不仅中国，世界上许多国家的封建时代的文化特点都是“唯上”、“崇上”的。但与此相反，19 世纪俄罗斯文学中出现了“草根崇拜”现象、“尊下”现象。

一、“草根崇拜”在俄罗斯文学中的表现

从普希金、果戈理到陀思妥耶夫斯基、托尔斯泰，19 世纪俄国作家的创作表现出了一个共同特点：草根崇拜。

普希金在他的戏剧《鲍里斯·戈都诺夫》中表达了这样的历史观：看起来帝王将相耀武扬威、发号施令，但人民才是历史前进的动力，是历史的主人。

普希金曾经长时间研究俄国历史上的普加乔夫起义。18 世纪末期，一位自称是已故沙皇彼得三世的农民普加乔夫带领顿河和乌拉尔河一带的农民、矿工起义，反对女皇叶卡捷琳娜二世的残暴统治。他宣布废除农奴制度，取消人丁税，将土地、牧场、池塘和森林分给贫苦农民，因而受到人民群众的拥护。起义被镇压后，“普加乔夫”这一名字被政府禁口。在历史档案里，普加乔夫被描绘成一个盗贼、一个杀人不眨眼的恶魔、一个狂妄专横之人。普希金在实地调查和研究史料的基础上，写成了历史小说《上尉的女儿》。小说以普加乔夫起义为背景，描写战乱中一对贵族青年男女的曲折爱情。小说中的普加乔夫，一反当局

眼中的反面形象，成了一个豪侠仗义、知恩必报、赏罚分明的人，是一条好汉。

19 世纪 30 年代是俄国贵族革命的低潮时期。违背禁令，面对冒天下之大不韪的风险，普希金在此时研究这段历史并重塑普加乔夫的形象，其用意是十分耐人寻味的。

普希金是 19 世纪俄罗斯文学真正的奠基人，在各个方面为身后的俄罗斯文学奠定了基础。而作家与人民的亲和性是其中比较重要的方面。

俄罗斯文学中最典型的草根崇拜表现在托尔斯泰和陀思妥耶夫斯基的创作中。

在托尔斯泰的早期创作中，草根崇拜就以一种无意识或潜意识的形式存在着。在《战争与和平》中，主人公彼埃尔因迷失人生目标、找不到生活的动力而陷入绝望，几乎要自杀，是农民卡拉达耶夫让他振作起来：人活着是为了上帝。（与存在主义者相比，托尔斯泰显示出“前现代性”。人必须自己面对生存问题，选择自己人生的价值和意义。把这些形而上的问题交给上帝，在存在主义者看来，只是逃避。）在《安娜·卡列尼娜》中，这个“草根”是福卡尼奇。每当贵族青年找不到人生方向、陷入迷茫时，总有一个草根代表——最普通的农民来充当这些迷途贵族的精神引路人。

托尔斯泰在现实生活中是否曾受到俄国劳动人民的智慧启发，不得而知，但他受卢梭的影响是显而易见的。

卢梭是以“反文明进步”而闻名的思想家。卢梭认为文明与进步只会引起人的竞争、堕落，培养人的机心。教育小说《爱弥儿》开宗明义："出自造物主之手的东西都是好的，而一到了人的手里，就全变坏了。"卢梭推崇"自然状态"，即所谓"高贵的野人"，人要避免文明的"异化"。

比较一下托尔斯泰主义"爱一切人，勿以暴力抗恶"、"道德自我完善"与卢梭在《爱弥儿》中所阐发的思想，可以发现其渊源关系。托尔斯泰的草根崇拜与卢梭的自然人崇拜是一脉相承的。

19 世纪俄罗斯文学草根崇拜的最极端化的个案，是贵族、作家、教育家托尔斯泰把自己变成了一介平民。早年的潜意识已经变成了明确的人生理念。平民化后的托尔斯泰，吃最简单的食物，穿俄国农民样式的袍子，从事繁重的体力劳动，写作放弃稿费，甚至他的创作对象也发生了变化。他的作品追求的境界不再以美为目标，而是充满了劝诫、说教等内容，以服务社会、人类为最高目标。它们不再是精致的艺术，而是实用性、服务性强的文字。

如果说草根情结在托尔斯泰那里体现为底层民众的智力优势，那么，在陀思妥耶夫斯基这里，优势就转变为道德力量。陀思妥耶夫斯基在他的一系列作品中歌颂了穷人的高尚品德：《穷人》中杰符什金的善良、乐于助人，《被侮辱与被损害的》中娜塔莎一家的宽容、富有牺牲精神，《罪与罚》中马尔美拉多夫一家的赤贫与索尼娅的虔诚与救赎的力量，到最后一部巨著《卡拉马佐夫兄弟》，陀氏借佐西马长老的口说：我们俄罗斯人，越是卑微，越是伟大。

卑微与虔诚、苦难与崇高联系在一起,底层民众因此获得道德力量,也因而在那些智力优秀的反叛主人公那里,成为拯救他们的力量。

二、"草根崇拜"与"民粹主义"思想相辅相成

"民粹主义"或称"平民主义",是在19世纪俄国兴起的一股社会思潮。民粹主义的基本理论包括:极端强调平民群众的价值和理想,把平民化和大众化作为所有政治运动和政治制度的合法性的最终来源;依靠平民大众对社会进行激进改革,并把普通群众当做政治改革的唯一决定性力量。

19世纪俄罗斯文化中的民粹主义是俄国知识分子向民众膜拜的集中体现。拥有着较高文化层次的知识分子向底层民众学习,这种逆文化的追求显示出俄国知识分子阶层的自卑情结。

俄国虽然与西方信奉同宗的基督教,但它的文化理念与西方有很大的差异,尤其是没有经历西方文艺复兴三百年,没有个体自主意识的觉醒,也缺乏对文化的自觉,所以欧洲启蒙运动中知识分子强烈的使命感、精英意识是俄国知识分子所匮乏的。可以说,文艺复兴与启蒙运动赋予欧洲以文化自觉与知识分子自觉。此两点的匮乏在19世纪俄国民粹主义者身上充分体现了出来。欧洲的宗教改革,这场关于灵魂的战争也不曾波及俄国。马丁·路德的"因信称义",在文艺复兴时期所追求的世俗自由的基础上为

欧洲人添加了灵魂的自由;加尔文的"预定论",把个人的成功与上帝的荣宠合二为一,让上帝为资产阶级的发家致富保驾护航。欧洲近代资本主义的迅猛发展,成为历史的必然。丹尼尔·笛福的《鲁滨逊漂流记》反映了上升时期资产阶级的进取心和发财欲;而歌德的《浮士德》,塑造了永不满足、不断追求、努力向上、自强不息的上升时期的资产阶级人物形象。主人公永不满足的欲望和敢于实践的豪情,成为上升时期资产阶级的文化符号。文艺复兴以来倡导个人主义的欧洲文化,至此达到了歌唱"自我"以至"大我"的境界,培养了欧洲文化中个体的自觉与自信。

反观俄国,除了缺乏文化的自觉自信,知识分子也缺乏主体意识,而民众也缺乏个体意识的觉醒。俄国是一个农业国家,庞大的农民群体支撑着这个国家的经济命脉。沙皇政府残酷的专制统治和农民盲目的力量是这个国家最强大的势力。沙皇的专制力量是看得见、摸得着的,农民的力量则似乎是湮没在碌碌无为的日常生活中,但这股力量一旦凝聚起来,则有摧枯拉朽之势。夹在中间的知识分子阶层,既无力对抗上层专制的国家机器,面对庞大的农民阶层,也自觉渺小无力。当沙皇专制政府的腐败令文化阶层失望透顶时,他们只能把扭转乾坤的希望寄托在下层民众身上。

这样的政治意向转化为普遍的价值观念,俄国大地上的知识分子对于自身的文化能量以至审美品位不引以为傲,反引以为耻。最典型的表现是托尔斯泰,他的反智主义表现在拒绝精致的、高级形态的文化，以简朴为美，认为超出最基本的生活需求的享受都是罪恶的。陀思妥耶夫斯基也认为，在俄国，真理掌握在最质朴的人民手里，掌握在人数最多的普通群众手里。

民粹主义对民众的膜拜到了迷信的程度。尼·别尔嘉耶夫在他的《陀思妥耶夫斯基的世界观》一书中曾这样评价这一现象：

> 许多俄罗斯人信仰人民先于信仰上帝，信仰人民多于信仰上帝，并希望通过人民走向上帝。崇拜人民的诱惑是俄罗斯的诱惑。在俄罗斯的意识中宗教与人民是如此之混淆，以至于很难将他们区分开来。①

三、"民主自由"与"终极价值观"的矛盾对立

从普希金到陀思妥耶夫斯基以至托尔斯泰，俄国作家表现出反专制、争自由的思想倾向。普希金的《致恰达耶夫》、《纪念碑》等诗作，批判锋芒直指沙皇专制制度，表现出对自由和民主的渴望追求；而他的代表作《叶甫盖尼·奥涅金》，更是表现出对贵族阶级教育、生活方式的反思、批判。主人公奥涅金在爱情和友情中，尤其在他伯父

---

① [俄]尼·别尔嘉耶夫著，耿海英译：《陀思妥耶夫斯基的世界观》，广西师范大学出版社 2008 年版，第 113 页。

的领地上的改革，一度有自由、自主生活的可能性。但奥涅金空有怀疑、否定的激情，缺乏自主自立的道德勇气。他在游移中成了“社会生活的多余人”。普希金以俄罗斯文学史上第一个“多余人”形象，宣告19世纪俄国争自由、求解放的革命行动已无法由贵族阶层完成。普希金在创作的后期致力于研究俄国历史上的农民起义。虽然他所塑造的普加乔夫是一个好汉，具有豪侠、仗义、知恩图报等品质，但普希金从根本上是否定农民起义的。普希金的创作以贵族革命始，以农民革命终，这绝不是偶然的。革命贯穿普希金创作的始终，是19世纪俄罗斯文学中绕不开的问题。普希金看到了俄国革命的方向，却并不愿承认其合理性。他看到了俄国颠覆的必然性，却并不愿面对这样的颠覆。这是普希金思想的矛盾——意识到俄国平民革命的历史必然，却否定了唯一能进行革命的主力军。

陀思妥耶夫斯基在19世纪40年代参加了一个激进组织——彼得拉舍夫斯基小组。该小组致力于宣传英、法空想社会主义等激进思想，表现出对西欧自由、民主等价值观的向往。陀氏为此服了十年苦役。服役归来的陀思妥耶夫斯基表现出双重的价值追求：一方面，他在《罪与罚》、《白痴》等作品中描写了底层人民没有出路的苦难与绝望，谴责欺压他们的贵族资产阶级的冷酷与腐化，其揭露、批判现实的力度是空前的；另一方面，他在《群魔》等作品中把革命民主主义者妖魔化，完全否定暴力革命，极力维护专制制度。

托尔斯泰对于沙皇专制制度和东正教的批判深度超过了以往所有的作家。在《复活》中,托尔斯泰否定了沙皇专制制度的整个上层建筑,否定了专制制度的基础东正教。他提出了土地公有、人人劳动等主张。事实上,托尔斯泰不仅自己努力草根化,也想带动俄国的贵族地主阶层草根化,这当然只能成为他的一厢情愿。托尔斯泰只好把这些问题交给托尔斯泰主义。托尔斯泰的平民化理想连他的家人都不认同。事实上,在托尔斯泰平民化理想与现实之间只有一条路:革命。但托尔斯泰反对暴力,否定革命,所以他最终选择离家出走。这既是他与家人的矛盾无法调和,更是他自身思想矛盾冲突的结果。

同时,崇尚民主、平等、自由与否定农民起义与革命,构成了陀思妥耶夫斯基等作家思想中的矛盾对立,也是19世纪俄国知识分子共同的双重价值追求。这种双重价值观在普希金那里可能是潜意识的、朦胧的,而托尔斯泰是意识到了,但他把政治问题道德化了。只有陀氏才是真正意识到两者之间的矛盾,并且意识到这种矛盾是无法解决的。这样就造就了世界文学中最独特的现象:令人瞠目的对立,两极之间激烈的撕扯。

四、“草根崇拜”必然导致“专制崇拜”

表面看来,一个社会的草根崇拜的合理历史走向是民主、平等、博爱,但历史的发展一次次证明:这是幼稚的幻想。比如1789年的法国大革命用残酷的事实证明,草根崇拜离暴力革命多么近，离专制崇拜多么近，而离民主、平等多么远！

在草根崇拜与专制之间有一条隐蔽的心理通道，这条通道就是草根阶层的“广场情结”。

草根阶层的政治意识有这样的特点：一是他们倾向集体表达，不善于个人主张；二是他们的政治热情往往在冷漠和狂热之间摇摆；三是他们往往有“强权崇拜症”。

在和平年代里，草根阶层往往与政治比较疏离，他们很少表达自己的政治愿望，他们的政治能量也因此容易被人忽视。但是，在某些特殊的情势下，一旦草根阶层被激发起来，他们的政治能量往往是巨大的、致命的。这股能量又因为草根的强权崇拜症而把自己的政治能量拱手出让给强权者，因此极易被利用，如此，他们的强权崇拜症正是产生独裁、专制的土壤。

我们在历史上经常可以看到这样的一幕：在某些历史的紧要关头，下层民众因某些敏感问题而情绪骚动，某个强势人物在街头或广场振臂一呼，瞬间应者云集。经过短暂的演讲、动员，他们效率极高地达成一致意见，并且迅速行动起来，形成一股富有冲击力的政治能量，这就是下层民众的“广场情结”。

从19世纪初期俄罗斯文学对小人物圣母般的同情、关爱，到托尔斯泰的平民崇拜，陀思妥耶夫斯基对贫贱者的歌颂，或者说他的“卑贱优越论”，俄国社会就萌动着由沙皇专制走向另一种专制的历史趋势。这一历史的发展变化在俄罗斯文学中得到了鲜明的体现,呈现出一种历史的必然性。平民走向历史前台,带着道德的优越感,带着广场政治的狂热。这些特点在19世纪的俄罗斯文学中初露端倪。在托尔斯泰把道德绝对化的意识中,在陀思妥耶夫斯基那种平民对于自身道德高尚的带有神经质的感觉中,都存在着这种历史发展的蛛丝马迹。一直到苏联时期,草根崇拜仍当其时。正如苏联文学的创始人之一高尔基在谈到人民的聪明才智时所说的:"人民是聪明、灵妙、善良的化身,本质几乎是和神一样的、同一品质的,器量一开始就是最美好的、正直的、伟大的。……要服从人民的意志。……正是在这些人身上,体现着思想的完美和力量,在他们身上集中了并燃烧着对于生活、对于按照博爱的某种新典范来自由建设生活的善良和博爱的意志。"①

总之,笔者认为,存在决定意识。在封建时代,当无产者处于社会底层,受苦难,被欺压,他们身上具有勤劳、善良的品质,追求公平、正义;但当他们一旦成了统治者,也许会变得冷漠、残酷。因为在封建时代,权力不存在监督与制衡,因此极易走向专制,走向极权。

---

① [俄]高尔基著,胡明译:《我的大学》,光明书局1953年版,第39页。

19世纪俄罗斯文学中的罪感情怀与忏悔意识

一、罪感与忏悔在19世纪俄罗斯文学中的呈现

(一)托尔斯泰笔下的忏悔贵族

罪感意识、平民化追求充分体现在托尔斯泰晚年的名著《复活》中。这部作品可以说是一部贵族阶级的忏悔录。作品集中展示了贵族阶级对于平民的罪恶。有两个情节是集中展示这一罪恶的。一是贵族青年聂赫留多夫诱奸、遗弃了一个平民少女玛丝洛娃,把她从一个纯洁、善良、美丽的少女变成了一个堕落、麻木的妓女。托尔斯泰以自己天才的手笔凸显了聂赫留多夫对玛丝洛娃所犯的罪恶,却不过是贵族青年平常习见的行为。八年后两人再相遇,聂赫留多夫继续充当玛丝洛娃的"罪人"。由于以他为首的陪审团的疏忽,导致玛丝洛娃虽然没有犯罪,却要服苦役。与此同时,聂赫留多夫发现自己领地上的农民已陷入赤贫状态,真正是一无所有,而原因是农民没有一寸赖以生存

的土地。聂赫留多夫由此认识到自己出身阶层的罪恶本质。他意识到对于现实中平民的苦难,贵族阶层有着不可推卸的责任。他开始忏悔、赎罪。他减轻农民的租税,把一些土地分给农民;为玛丝洛娃的案件找关系,改善她在监狱中的待遇;甚至为了让她的官司上诉可以改判,到大理院奔走;直至在案子无法改判的情况下,他跟着囚车,陪同玛丝洛娃到西伯利亚服苦役,并准备跟她结婚。伴随着一系列的忏悔行为,聂赫留多夫的灵魂不断升华,心灵复苏,在宗教中找到了人生的理想和寄托,最后心灵得到净化,灵魂走上复活。

聂赫留多夫所代表的忏悔贵族,价值观表现出对整个贵族阶层生活方式的否定。在他们的意识中,贵族就是罪恶的代名词——腐朽寄生的贵族生活方式所养成的懒惰、骄纵,声色犬马的生活所导致的虚伪、冷酷和堕落。从生活方式到道德品质,托尔斯泰全面否定了贵族阶层。贵族阶层唯一的出路就是"平民化"。像这样的罪恶感和忏悔意识在托尔斯泰的作品中并非个别情况,而是大量存在的。甚至在19世纪其他俄国作家的创作中也大量存在着这种罪感情怀和忏悔意识。

托尔斯泰于19世纪70年代完成的巨著《安娜·卡列尼娜》中的列文,显示了"未平民化"前的俄国贵族精神上的困境,列文因找不到人生的意义而差点自杀。他的灵魂拯救者是一个平民,他在农民福卡尼奇那里得到了最简单的答案:人是为上帝活着。从此,列文才得到了心灵上的安宁。

（二）陀思妥耶夫斯基创作中的罪感与忏悔

如果说托尔斯泰表达的是“贵族之罪”，那么，陀思妥耶夫斯基忏悔的则是“平民之罪”。托尔斯泰忏悔的是贵族所拥有的财富及堕落的生活方式，陀思妥耶夫斯基所忏悔的则是平民的骄傲及对信仰的怀疑。后者更接近基督教关于人类原罪的学说，所以，通常认为陀思妥耶夫斯基的创作更加具有宗教色彩。

在几乎所有的陀思妥耶夫斯基的作品中，都有一类年轻人，他们具有“骄傲与不信”的特质。最有代表性的则是《罪与罚》中的拉斯科尔尼柯夫和《卡拉马佐夫兄弟》中的伊凡·卡拉马佐夫。这些人物在陀思妥耶夫斯基的创作中形成了一个“反叛主人公”系列。而这些人因为反叛信仰，导致自我膨胀，认为既然没有上帝，那么人就可以为所欲为。从这样的理念出发，他们或者杀人，或者怂恿别人杀人。在他们犯罪后，深深的罪恶感令他们无法获得心灵的安宁，最后，只能通过坦白、自首等方式忏悔自己的罪孽，获得心灵的复苏。

按照基督教的观点，骄傲与不信是人类始祖亚当与夏娃所犯下的“原罪”。所以，以拉斯科尔尼柯夫为首的反抗主人公，他们欲成为人神的信念正是人类原罪的代表。他们的犯罪也正如亚当与夏娃的犯罪，有其必然性。而因为他们承担着时代的需求，呼应着社会的情绪，他们的反抗因而成为现实中强有力的力量。他们代表着现实中的革命性要求。在陀思妥耶夫斯基的另一部作品《群魔》中，显示了成长了的反抗者们往前走一步就是暗杀，就是革命。

19 世纪俄罗斯文学中的小人物系列、“多余人”系列、都有忏悔意识与罪感情怀。前者鞭挞官僚与贵族冷酷与残忍的同时，也流露出一种崇拜苦难的思想，这可以看做是罪感情怀的衍生品；后者则带着深深的罪恶感，对贵族阶层整体进行反思。

二、罪感意识的现实呈现

文学艺术是现实生活的反映。在 19 世纪俄国现实生活中，罪恶感是一种极其强烈的情绪，许多人受其困扰。19 世纪的俄国社会，各种矛盾激烈尖锐，几乎达到白热化的程度。其中，残暴的专制制度与普通民众的矛盾最为突出；还有，贵族阶级与平民以及年轻一代要求进步变革与俄国社会传统之间的冲突，主张走西方发展道路、实行君主立宪制的西欧派与主张走自己独特发展道路、维护沙皇专制制度的斯拉夫派之间的冲突等。这些矛盾在俄国社会形成了各种对抗和冲突，使得 19 世纪的俄国动荡不安，危机四伏，有山雨欲来风满楼之势。面对底层民众悲惨的生存状况，他们的仇恨和愤怒，以及这种愤怒被点燃后爆发出来的可怕破坏力，俄国贵族中的有识之士对此有着清醒的认识，而这种认识是伴随着强烈的负罪感的。历史上的俄国并没有像欧洲社会那样发展出完备的等级制度，而强烈的宗教情绪使社会各阶层有着对平等的要求和渴望。

所以,俄国贵族中的优秀人士在看到自己周围都是穷人时,他们是无法安心享受自己所拥有的一切的。

19 世纪俄国贵族的罪感意识首先体现在他们对于金钱、财产等所产生的罪恶感,这种罪恶感进一步发展为对于奢侈生活甚至对于细致的美感等都产生了罪恶感,生存标准向普通的俄国农民看齐:凡超出一个普通农民水准的,皆是不必要的、没有用的。托尔斯泰后期的生存状况可以作为代表。托尔斯泰放弃稿费,放弃田租,过着农民一样的简朴生活,甚至像农民那样耕地、种田。即便如此,托尔斯泰仍然无法获得心灵的安宁,直至离家出走。

在晚年的日记中,托尔斯泰记录了内心的这种煎熬:

> 贫穷的痛苦感觉——不是贫穷,而是人民的屈辱与闭塞。革命者的残忍与疯狂是可以谅解的……因为是饥肠辘辘、衣不遮体、累死累活的奴隶。我受不了了,想逃走。

托尔斯泰的平民化并不完全是一种个人行为。在他的感召下,当时的俄国掀起了一股热潮:到边疆去,做一个开垦边疆自食其力的农民。当时的俄国知识青年没有政府的号召,没有行政强制,自觉自愿地到艰苦的边疆去生活。托尔斯泰也因此成为俄国的"精神领袖"。

19 世纪俄国贵族最大的忏悔行为应该是十二月革命党人的起义。贵族阶级本来是专制制度与农奴制度的既得利益者，但这些贵族青年宁愿牺牲自己的既得利益，更以自己的生命为代价，来谋求社会的发展与前进，其精神境界之高尚，在世界历史上也是罕见的。俄国的贵族从此开始意识到自己的财富、头衔、名誉等一切都是有罪的。十二月党人的忏悔意识贯穿了整个19世纪。一代一代的俄国知识分子都具有这种忏悔精神。

而陀思妥耶夫斯基笔下的反叛主人公，他们的反叛与罪恶感与19世纪俄国的现实状况有着更加紧密的联系。他们的反抗冲动来自心灵、现实、理想三个层面。

面对基督教的人类原罪说、耶稣基督的牺牲与鲜血，在被基督教文化浸润已久的社会中，年轻一代往往有这样的心灵冲动：反抗这种与生俱来的罪恶感和心灵上沉重的十字架。拉斯科尔尼柯夫们首先要反叛祖祖辈辈的东正教信仰，他们要把人从上帝那里解放出来。这种冲动在19世纪的俄罗斯文化中与反抗落后的农奴制和专制制度相联系，获得了现实的情绪呼应。而俄国打开国门以后欧洲文化及其个人主义与追求自由等特质的影响，这种强势和超前的姿态成为这股心灵冲动的理想目标和理论支撑，形成了拉斯科尔尼柯夫们为所欲为的“超人”理念。这样，原始的心灵冲动获得了现实的支撑（对现实不满）与理想的召唤，成为一股强有力的文化现象，甚至体现为19世纪俄罗斯文化的某种本质特点：质疑信仰，追求自由，希望确立人在现实中的主体地位。但他们的探索带着典型的俄国人性格中易走极端的特质。要做人神，不但要摆脱宗教与专制制度的束缚，还要废除所有的道德规范，追求“极致的自由”，这正是导致 19 世纪中期俄国社会伦理丧失、道德瓦解的主要原因，也是一些评论家眼中的“罪之源”。最后，在现实的东正教影响力面前，在专制制度的高压统治下，自由与人神追求以失败告终。反叛主人公终以忏悔赎罪回归正常的生活。

索洛维约夫称整个俄国都是云游派教徒，果戈理则把俄国称作一座修道院。正如别尔嘉耶夫所说，即使俄国的无神论者，也具有强烈的宗教色彩。

三、罪感与忏悔的宗教渊源

本尼狄克特在她的名著《菊与刀》中，把东西方文化分为耻感文化与罪感文化。西方罪感文化以罪恶感约束欲望，以维持道德平衡；而东方的耻感文化以羞耻作为欲望约束机制，以此作为维持人际和谐的手段。罪感文化的人在犯罪后，通过忏悔坦白可以减轻罪恶感；而耻感文化的人在犯罪后，知道他罪孽的人越多，他会越痛苦。

西方罪感文化的渊源主要来自宗教，来自基督教的原罪说。人类的始祖亚当与夏娃因违背神的旨意，被上帝逐出伊甸园，此即人类的原罪。而上帝为拯救世人，派自己的独生子耶稣降世为人，成为救世主。耶稣为替人类赎罪而甘愿被钉死在十字架上，以自己的鲜血洗净世人的罪恶。耶稣的牺牲是人类心灵的“十字架”，是西方罪感文化的符号与象征。

俄国的东正教是基督教的一支。与西方国家的天主教以及新教相比,东正教是更加虔诚的宗教。百姓的宗教信仰,因为圣像崇拜、圣母崇拜,相信基督的复活,带有更多的敬虔色彩。

基督教的伦理具有以罪恶感约束人的欲望、行为的机制。而耶稣在十字架上的牺牲,更把苦难升华为能够清洗罪恶的救赎。所以在基督教复兴的时期或者是遭遇天灾人祸的特殊历史时刻,在极度虔诚的民族中,有着崇拜苦难的倾向。人们或者以杀生祭祀上帝,或者自我折磨,采用禁食、受鞭打、旷野修行等方式,以受难或者苦难的方式洗清罪恶,让上帝息怒,与上帝和解。正如黑格尔所说:

> 基督教中出现人类与上帝的统一。人类必须将"自然性"与"有限性"扬弃,将自己提升到上帝的地位,我们在这种上帝观念中发现人类苦难与受苦的调和。此后,内心受苦便看做实现人类与上帝统一的必须手段。①

与西方基督教的罪感情怀和忏悔意识主要规范在理性范畴不同,俄国东正教中的罪感与忏悔要感性得多。主要由于东正教一直没有形成如基督教在西方的情势——

① [德]黑格尔著,张作成、车仁维编译:《历史哲学》,北京出版社 2008 年版,第 118 页。

足以和世俗政权抗衡。在俄国历史上,东正教一直没有摆脱专制制度工具和附庸的地位。东正教可以说是一种没有充分发展的宗教。事物的逻辑是:没有得到全面发展的东西,往往会朝着某一方面超常规地发展。

罪感情怀和忏悔意识以及苦难崇拜就是东正教中超常规发展的宗教情感。俄国人的圣母情结也与这种罪感情怀相关。俄国历史上的圣徒都是极度宽容、顺从、不抵抗者。他们面对迫害默默忍受,遭受凌辱却大度宽容,屠刀面前,引颈就戮。俄国历史上曾高度评价这样的圣徒。陀思妥耶夫斯基更是把这种与苦难相关的宽容、忍耐、顺从上升为真正的俄罗斯精神,并把它看做是俄国的希望所在。在欧洲个人主义文化盛行、过度竞争导致文化困境时,这样的俄罗斯文化甚至起着引领人类走向光明的任务。

四、罪感与忏悔的民族历史渊源

(一)伊凡雷帝杀子

俄罗斯民族是一个感性而非理性的民族。罪感情怀和忏悔意识是这个民族非理性的一个突出表现。其中最有特色的情结,就是他们感性的冲动能量和这种冲动造成严重后果后的罪感和忏悔。不管是沙皇的宫廷里,还是俄国社会中,经常发生一些非常残酷可怕的暴力事件,如俄国历史上著名的伊凡雷帝,在盛怒之下,用手杖打死了自己的儿子——皇位继承人伊凡。

与伊凡雷帝的盛怒相似,他的忏悔也同样强烈并带有明显的民族印记。伊凡雷帝在杀子后，跑过去跪在地上，极力想挽救儿子的性命。他悲痛欲绝，下令举国服丧，自己也到修道院忏悔，还为以前被处决的贵族和官吏昭雪。这一悲剧性历史事件由俄国画家进行了创作，以历史与艺术的双重方式影响塑造着俄罗斯灵魂。

这一事件在俄国历史和文化中有着深刻的代表性和象征意味。伊凡雷帝的震怒，不仅导致他杀了亲生儿子，从某种程度上也可以说它改变了历史。而他的忏悔对俄罗斯民族心理影响甚大。

（二）拿破仑战争引起的民族反省

在俄国历史上，战胜拿破仑与彼得改革是同等重大的事件。经过这两件大事，俄国认识到民族统一的重要性，意识到自己是欧洲大国，而且已获承认为欧洲大国，这引发了俄罗斯民族空前的民族自觉与爱国主义热潮，全民参与到一个民族自尊自强的信念建构之中。但打开国门后，俄国与欧洲的对比不可避免。对比之下，俄国的混乱、污秽、贫穷、野蛮、漫无秩序就令人格外感到痛心疾首。一部分知识青年对此深恶痛绝，决心改革自己的家园，哪怕牺牲自身的利益。这就是十二月党人起义的历史背景。当时，即使是俄国最麻木不仁的官员，也对自己国家的落后有一种道德上的不安感。

（三）19世纪知识阶层的观念、理想狂热症

19世纪的俄国文化阶层深受德国古典哲学的影响。他们深信每个时代、每个民族都要完成一个黑格尔的“绝

对精神”或者康德的“绝对命令”。19 世纪的俄国作家都认为自己肩负着历史的使命:去找到这个形而上的“存在”,解救俄国的危机! 使命的伟大、任务的艰巨使得他们对自己十分苛刻,生怕因为个人的局限有负这一伟大的历史机遇。

这样伟大的自我期许会让作家们因为自己身上的种种弱点而产生深深的罪恶感,有时甚至是一点正常的娱乐都会让他们内疚。这种完美的追求使他们到了老年还在不停地自我反省、自我提升。

俄国人的罪感与 19 世纪特殊的政治、经济、文化背景联系起来,与贵族们反省农奴制与专制制度罪恶相连,与年轻一代摆脱传统、追求自由相连,这种罪恶感因而具有深厚的历史文化内涵,也有着深重的现实意义。

整个 19 世纪的俄罗斯文学贯穿着“谁之罪”、“怎么办”的现实拷问,这是罪感情怀和忏悔意识的衍生物。在贵族阶层与知识阶层整体罪恶感的映照下,具有道德优越感的平民阶层被推到历史前台。因为没有民主、平等、自由等资产阶级思想价值观的孕育、渗透,俄国社会还不具备实现民主制度的现实土壤,所以 19 世纪的俄国历史就是从沙皇专制走向平民专制的历史。

约伯与陀思妥耶夫斯基的信仰原型

在陀思妥耶夫斯基很小的时候,他的母亲就用《圣经》故事作为启蒙读物教育他。在《圣经》故事中,陀氏特别中意《约伯记》。年纪虽小,但心灵与磨难、信仰等宗教体验特别契合。成年后,陀氏仍然很喜欢这个故事。直到晚年,他重读这个故事,还是激动不已。

一、《约伯记》的基本主题

《约伯记》见于《圣经·旧约》。写上帝与魔鬼打赌,用义人约伯的命运来考验人的信仰与忠诚。于是好人约伯遭遇了种种大灾难:丧失了所有的子女和财产,又患了令人厌恶的疾病。在三篇诗体的对话中描述了约伯的朋友们和约伯本人对这一连串灾难的反应。最后,上帝亲自对约伯说话。关于上帝怎样对待人类是故事讨论的主题。

约伯的朋友们以传统的宗教观点解释约伯的灾难,认为上帝赏善罚恶,约伯遭受灾难,无疑是因为他犯了罪。但是约伯不接受这种解释,不承认自己应受这样残酷的惩罚,他认为自己是一个良善正直的人。他不明白上帝为什么让这么多的灾难落在自己身上，因此大胆地质问上帝。但约伯没有失去信心，他渴望能在上帝面前受到嘉许，重新享受义人的光荣。

对于约伯的问题，上帝没有回答，可是对他的信心用充满诗意的话表示了自己神圣的权能和智慧。约伯终于谦虚地承认上帝的智慧和大能，深悔自己曾对上帝说了激烈而任性的话。

故事的结尾记述约伯恢复了从前的景况，甚至比从前更加富足兴旺。上帝谴责约伯的朋友们不能领悟约伯遭受苦难的意义，唯有约伯是真心敬畏神，也体会到神的成就和恩典超过人所求所想的。

二、约伯形象特质之一——苦难中的信仰坚守

这个故事的核心是关于对上帝的信仰问题，它强调对上帝的信仰必须是无条件的。约伯代表了虔诚的信仰，同时代表了纯洁的人格。进一步说，约伯代表了无辜受难者的虔诚。

故事的情感魅力来自约伯在苦难中对信仰的坚守。一个人在失去财富、亲人、健康后，还要经受朋友对自己品行的怀疑。在从物质到精神都一无所有的情况下，约伯表现出强大的精神力量。他坚信自己是正直清白的，也坚守对上帝的信仰。约伯的妻子曾向他诘问：“你仍然持守你的纯正吗？你弃掉上帝，死了吧。”约伯回答说：“……难道

我们从上帝手里得福,不也受祸吗?"

面对生活的苦难,约伯不抵制,不反抗。这种品质可以从俄国历史中找到原型。俄国历史中的鲍里斯与格列勃,这两位基辅罗斯时代的宗教圣徒,在王室皇位争夺战中,明知哥哥要对自己下毒手,却在仍有军事实力的情况下,放弃王位,放弃抵抗,拒绝武士保卫,宁愿引颈就戮,不愿牺牲众人性命来成就自己。他们可以说是俄国历史上的"约伯"。

约伯作为陀思妥耶夫斯基从小就喜欢的宗教人物形象,经过潜移默化,已成为他心目中信仰的原型。什么是原型?心理学家荣格在《论分析心理学与诗的关系》一文中提出了著名的原型学说:

> 原始意象或原型是一种形象,或为妖魔,或为人,或为某种活动,它们在历史过程中不断重现,凡是创造性、幻想得以自由表现的地方,就有它们的踪影,因而它们基本上是一种神话的形象。
>
> 这些原始意象给我们的祖先的无数典型经验赋以形式。可以说,它们是无数同类经验的心理凝结物。它们呈现出一幅分化为各种神话世界中的形象的普遍心灵生活的图画。①

---

① [瑞士]荣格:《试分析心理学与诗的关系》,参见叶舒宪:《神话——原型批评》,陕西师范大学出版社1987年版,第100页。

荣格认为,每一个原始意象都凝聚着人类心理和人类命运的因素,渗透着祖先历史无数次重复产生的欢乐和悲伤的残留物。它就像心理中一条深深的河流,流淌在潜意识里。平时意识不到它的存在,但经常在灵光一闪中看到它的影子。而在创造活动中,经常无意识地露出它的印记。

"纯洁"、"苦难"、"虔诚"是约伯原型中的关键词。陀氏在一生的创作活动中不断发挥着这一原型。

在《白痴》、《罪与罚》、《卡拉马佐夫兄弟》中,陀氏塑造了一系列约伯式的人物:《白痴》中的梅希金、《罪与罚》中的索尼娅、《卡拉马佐夫兄弟》中的阿辽沙等。这些形象虽出身不同,性格各异,但他们有共同的特质,就是心地单纯善良,却无辜受难。其中尤以索尼娅最具代表性。这个无辜的少女幼年丧母,为了养活失业酗酒的父亲和歇斯底里的继母和弟妹,不得不出卖自己的肉体,从事着人世间最低贱的妓女的工作,生活中没有任何安慰,自己的苦难到了"连自杀都奢侈"的份上。但她无怨无悔,依然虔诚地信仰上帝,依然乐于助人。心高气傲的拉斯科尔尼柯夫在感受到她的绝望处境时,不由得向她下跪,"是向人类的一切苦难下跪",并认为有钱有势的律师卢仁不值索尼娅的一个小指头;而让自己的妹妹与索尼娅坐在一起,是"看得起她"。在小说的结尾,历经苦难的索尼娅,身上闪耀着圣母的光辉。无疑,苦难中的牺牲与献身精神提升了索尼娅的精神境界,洗涤了她身上由于肮脏的皮肉生涯而带来的污点，赋予她的生命以至善、至尊。

苦难具有救赎价值，这是陀氏因《约伯记》的影响而形成的价值观念。喜欢甚至崇拜受难，则是这一主题的变奏曲。贯穿陀氏一生创作的一大主题，就是歌颂苦难。《白痴》中的娜斯塔西亚，她的美就是受过苦难的美。《卡拉马佐夫兄弟》中的米卡，在经历被冤屈、冤判等苦难后，灵魂升华到至善之境。

在陀氏的中晚年，他对身边的受难者表示出深切的关注与道义上的支持。在他的身边曾经有一位女士，在国外历尽艰辛、受骗上当，吃尽苦头才终于回到俄国，陀氏经常去拜访她，一度与她走得很近，甚至有人以为他们会结婚。但这其中真正吸引陀氏的，是这位女士生命中积累的苦难经验。

三、磨练与孤立——上帝荣耀的代价

约伯的故事除强调苦难中信仰的价值外，还宣讲了这样的观念：富贵与荣耀都是有代价的。约伯的一系列苦难只是上帝对他的考验，约伯经受住了考验，上帝自会把更大的荣耀赐予他。

约伯在失去亲人、钱财、健康、荣誉而几乎一无所有的情况下，他的朋友们不仅不同情安慰他，反而进一步打击他，认为他遭此大难，必是做了大恶，以致遭到上帝的惩罚。约伯坚信自己无罪，他质问上帝，这是故事的高潮。这似乎显示出：人间最大的苦难不是失去亲人、钱财、健康、荣誉，而是失去所有人的信任，被环境排斥，被人群放逐。当悲伤痛苦的时候，如果有亲人安慰、朋友支持、同道理解，那么痛苦还能够忍受；如果相反，面对的是亲人的冷漠、朋友的出卖、同道的排斥，那就仿佛堕入人间地狱，生不如死！约伯的坚韧就表现在：即使在后者如此令人绝望的情况下，他虽质疑上帝，但仍信仰上帝。

关于好人受难与上帝的意志问题，克尔凯郭尔在《基督徒的激情》“上帝的崇高”一节中有这样的论述，更接近约伯受难的本质：

> 只有那些被上帝热爱，并热爱上帝的人，——上帝才给予他们受难。他出于爱而不忍心让他们睡意朦胧地度过一生，他不忍心他们不注意到，上帝是精神，对上帝来说，世界落在魔鬼手中。因此他借受难来呼唤他们，使得他们与这世界有所不同。①

正如中国“亚圣”孟子所说：

> 天将降大任于斯人也，必先苦其心志，劳其筋骨，饿其体肤，空乏其身，行拂乱其所为，所以动心忍性，曾益其所不能。

---

① ［丹麦］克尔凯郭尔著，鲁路译：《基督徒的激情》，中央编译出版社2001年版，第129页。

可见古今中外的圣贤所见略同。

四、质疑反叛中的信仰

约伯的信仰并不是一味盲从，而是带有质疑、反叛的成分在内。当约伯被命运的种种打击折磨得痛不欲生的时候，他的朋友认为上帝惩恶扬善，必有所依。这时，约伯诅咒自己的出生，质疑上帝的公正。“当灾祸带来突然的死亡，上帝便嘲笑无辜者的遭遇。”约伯要做原告，请上帝解答自己何以遭受如此可怕的命运。

从埋怨、质疑到意欲与上帝对质，显示了义人约伯在上帝面前的自信，也显示出约伯信仰的维度。在这个维度里，有一点人与上帝平等的意味，也彰显了上帝的公正与世界苦难的悖论，这其中也有某种怀疑主义的成分在内。

我们知道陀思妥耶夫斯基生活的年代，俄国产生了许多无神论思想。陀氏自己也说过他是时代的孩子，“怀疑主义”折磨着他。他一生特别喜欢《约伯记》，不仅是约伯的虔诚打动了他，更是约伯的怀疑打动了他。经历过怀疑、反叛的信仰更加珍贵，如同浪子回头，多了一份人间的情味，而一个包容质疑与反叛的上帝更加强大。

约伯的质疑并没有阻挡他对上帝的信仰，最后还得到了上帝的嘉许。这意味着两个重要因素：一是陀氏心中可以为自己的怀疑“去罪化”；二是陀氏在信仰方式上找到了与自己相似的“盟军”。这正是陀氏一生钟情于此故事的心结所在。

五、神意高不可问

虽然同时代的许多作家已经是无神论者，陀思妥耶夫斯基也曾怀疑过上帝的存在，这在他的一系列反叛主人公的形象中表达得非常明确，但是，陀氏还是一个有神论者，相信上帝真实存在。他曾经和友人彻夜讨论上帝是否存在，为了捍卫上帝的"实在性"，陀氏过于激动，竟然晕了过去。

但正如陀氏的一系列反叛主人公所质疑的，如果上帝存在，为什么世界还如此不完善？上帝为什么允许存在如此多的罪恶、不公？为什么无辜的孩子也要遭受苦难？这是陀氏无法对无神论者回答的，也是他无法回答自己的问题。在经受怀疑的折磨时，陀氏也向约伯学习——质问上帝，但并不怀疑上帝的存在。

关于上帝与世界的关系，《约伯记》其实已经作了回答：神意高不可问。上帝给予的随时可以收回。人所能做的，是每时每刻都要虔诚地侍奉上帝，上帝自会给予公正。

而上帝拯救世人的方式，则是"相信"就可得救。正如《卡拉马佐夫兄弟》中，米卡虽然荒淫残暴，但他心中有善念，相信上帝的存在。在被控弑父前，他活得像一个混蛋；家中的老仆人——从小把他带大并给予他爱的格里高利那痛心的一眼，就把他心中的上帝呼唤了出来。后来，当米卡被控弑父，虽然父亲并非他所杀，但他承认自己曾有弑父的念头，愿意接受惩罚。在随后的苦役和流放的日子里，米卡最终意识到俄国大地的苦难，他走出了那个耽于淫欲与享乐的“小我”，以受苦恕罪的“大我”形象与俄国大地、人民联系在一起。

陀氏关于信仰的观念与欧洲宗教改革家马丁·路德的“因信称义”相吻合。信仰不仅是世界观的问题，更是提高精神境界、完成自我救赎的过程。

陀思妥耶夫斯基的信仰特质在某种程度上是俄罗斯民族信仰特点的呈现。这个民族在苦难面前有着惊人的忍耐力，相信终极存在——上帝会给予公正；以静默的内心生活与上帝沟通，而不是像欧洲那样通过神父的引导，从而拥有丰富的内在精神生活。

第二编 情感与心灵模式

“启示录主义”与“虚无主义”

——俄罗斯心灵系列之一

一、“启示录主义”的由来

不同于西欧天主教教权独立于皇权，历史上的东正教继承了拜占庭帝国政教合一的模式，即教权听命于皇权，教会成为国家机构的一个组成部分。如此，一方面是教权成为皇权的工具，侵害它作为信仰体系的健康发展；另一方面，它必然导致宗教生活与世俗生活紧密结合。正如马克思所说：“东正教不同于基督教其它教派的特征，就是国家与教会、世俗生活与宗教生活混为一体。”①

教会与国家一体，宗教全方位地渗透到日常生活之中。宗教世俗化的同时，是世俗宗教化。与欧洲其他民族相比，俄罗斯心灵具有更强的宗教色彩。

自 16 世纪起，俄国袭用拜占庭双头鹰国徽，莫斯科自认为是继罗马、君士坦丁堡之后的“第三罗马”，是基督教

① 《马克思恩格斯全集》第 10 卷，人民出版社 1965 年版，第 141 页。

信仰的引领者和保护者，不会再有“第四罗马”。从那时起，俄国这个经济落后、文明欠发达的国度有了大国情结。而他们认为可以称雄欧洲的民族文化元素之一就是极度虔诚的宗教精神，他们甚至把这一精神发展为“弥赛亚情结”（即“救世情结”）。

在19世纪，当俄国的文化精英探讨民族出路时，正值欧洲资本主义高速发展的时期。但在发展的同时，资本主义自身的弊病也充分暴露了出来。欧洲陷入了对于未来世界的焦虑之中，尤其在世纪末年，焦虑情绪尤甚。在这样的情势下，俄国的文化精英们认识到俄罗斯心灵的独特性，意识到虔诚的价值，有了一种俄罗斯心灵即将担当救世职责的情结，这一情结与历史上的“第三罗马情结”结合，造就了“启示录”精神。

“启示录主义”就是一种“天启”精神，一种传道和拯救合一的精神。这种精神体现在19世纪俄罗斯文学之中。

二、19世纪俄罗斯文学中的“启示录”精神

启示录精神普遍存在于19世纪俄罗斯文学之中。普希金的《自由颂》等诗篇中就存在着强烈的启示录精神。在19世纪俄国作家中，最具启示录主义的是陀思妥耶夫斯基。他的一系列的虔诚主人公仿佛就是基督的代言者。如《罪与罚》中的索尼娅，对着犯罪的拉斯科尔尼柯夫读《圣经》，当拉斯科尔尼柯夫向她坦白自己杀人的罪孽后，索尼娅以非同一般的勇气对他说：

马上去，现在就去，站在十字街头，双膝跪下，先吻一吻被你亵渎的大地，然后向大家，向四面八方磕头，大声对所有的人说："我杀了人！"那时候，上帝就会重新给你生命。

当索尼娅说这番话时，她显然超越了自己妓女的身份。她以基督代言者的姿态引领着一个迷途的灵魂，一步步引领他忏悔、赎罪，走向新生。在陀氏笔下所有的人物中，最具有启示录精神的是《卡拉马佐夫兄弟》中的佐西马长老。他与神秘访客的谈话颇有启示意味：

现在每人都想尽量让自己远离别人，愿意在自己身上感到生命的充实，但是经过一切努力，不但没有取得生命的充实，反倒走向完全的自杀，因为人们不但未能达到充分肯定自己的存在，反而陷入完全的孤立。我们这个时代，大家各自分散成个体，每人都隐进自己的洞穴里面，每人都远离别人，躲开别人，把自己的一切藏起来，结果是一面自己被人们推开，一面自己又去推开人们。……个人真正的安全并不在于个人孤立的努力，而在于社会的合群。但是肯定总有一天，这种可怕的孤立的末日终会来到，大家都会猛然醒悟，互相孤立是多么不自然的事。等到那样的时代风气一旦形成，人们将会惊讶为什么会这样长久地待在黑暗里，看不见光明。那时候圣子耶稣的旗帜就要在天上出现。……但是在那个时候以前,到底还应该保卫好这面旗帜,偶尔总还得有人哪怕是单枪匹马地忽然做出榜样来,把心灵从孤独中引到博爱的事业上去,哪怕甚至被扣上疯子的称号。这是为了使伟大的思想不致绝迹的缘故。

这段话涉及现代社会人的安全感问题,认为个人把自己孤立起来无异于自杀,而靠聚集财富获得安全感,也是完全不可靠的事情。人若想真正地散发活力,只有通过集体,通过个人放弃自我孤立,才能在集体中散发生命能量。在世界文化中,俄罗斯文化表现出特别强烈的对群体联合、集结的欲求。

按马斯洛人本主义心理学学说,人的最高需要是“自我实现”。人的自我实现离不开人的自我价值感和自我立场,而过度的自我立场则容易导致个人主义,导致社会呈现一盘散沙的状态,造成个体“原子化”的生存。自我立场与社会规范的对立、个人与权威的矛盾是个体生命发展过程中不可避免的矛盾,个体价值与总体利益之间也总有这样那样的冲突。过度压抑个体会导致社会如死水一潭,而社会规范过于疏松则易导致人伦失序、道德崩溃。两者之间寻求平衡是重要的治国之术。现代资本主义国家以精细的法治达到既规范社会又给予个体以适度的自由空间。19 世纪后期,俄国处于个体强烈呼求独立解放的年代,但陀思妥耶夫斯基看到了这些激情的负面意义,所以给这个年代的革命之火适度降温。现在看来,陀氏是很有预见的。这些观点不仅适用于19世纪的俄国,而且具有普世价值。当代社会的某些人伦失序现象,在某种程度上说,也是个体过度追求自我价值、传统人伦道德失去凝聚力的表现。读一读陀氏的上述一番话,对我们亦有启示意义。

关于祈祷,佐西马长老说:

> 在你的祈祷里,如果它是诚恳的话,每次必定会闪现出新的情感来,而在这种情感里,还会包含着你以前所不知道的,使你得到新的鼓励的新的思想;这样你就会明白,祈祷就是一种教育。

如果说忏悔是一种情感的宣泄、一种压力的释放,那么,祈祷就是内心的呼唤,它可以唤醒我们内心深处的情感和愿景。祈祷可以让我们看到内心深处的渴望,并找到实现理想的方法与途径。正是在这个意义上说,祈祷就是一种教育。

托尔斯泰作品中的启示录精神体现在卡拉达耶夫和福卡尼奇这些普通的俄国农民身上。当彼埃尔与列文们深陷精神危机而不能自拔的时候,是卡拉达耶夫们一句"人是为上帝活着",把他们从精神的危机中解救出来。这句话仿佛是一盏明灯,照亮了主人公的迷惘的灵魂。

俄罗斯是注重精神的民族,19世纪俄罗斯文学充分展现了这种精神的丰富性和深刻性。启示录主义是精神性的表现之一。

三、19 世纪俄罗斯文学中的“虚无主义”

“虚无主义”即否定事物的固有价值。19 世纪俄罗斯文学中的虚无主义有各种不同的表现:有无神论的宗教虚无主义,有否定现实一切的革命青年,有否定传统文化的民族虚无主义,有否定历史进步的历史虚无主义,还有否定人生具有固定价值意义的哲学虚无主义。

19 世纪 60 年代,虚无主义作为这个年代的时代标志而出现,否定历史,否定传统,否定一切固有的价值观念。虚无主义者的理想是到荒无人烟的地方,建立一个乌托邦。

屠格涅夫的小说《父与子》塑造了上述年代的虚无主义人物巴扎洛夫。这个医学院的大学生用批判的眼光看待周围的一切,不服从任何权威,更不接受生活中任何既定的规则,表现出一种科学理性主义的态度。除此之外,他身上还有一种批判一切、否定一切的激情,老牌自由主义贵族巴威尔在他的怀疑和批判面前不堪一击。巴扎洛夫是俄国 19 世纪五六十年代革命民主主义者的代表,是新生的平民知识分子的典型代表。

与屠格涅夫略带赞赏地描述虚无主义者不同,陀思妥耶夫斯基的《群魔》则以批判的态度为一代虚无主义者画像。这类人不守本分,不满于任何持存之物,不相信自己的故乡和这片土地所蕴含的力量,彻底否定俄国,也否定自身(或者更准确地说,否定自己所属的社会阶层——整个知识阶层这个业已脱离了民众土壤的阶层)。“这类人不愿与自己的民众同胞有任何共同之处,而且确实真诚地为这一切所折磨。”他们是一群为所欲为的人,为了所谓“革命事业”,他们任何事情都干得出来。为了增加集体的凝聚力,他们认为应该制造一起集体参与的命案。他们以可能出卖的罪名,杀死同伴沙托夫,嫁祸另一位同伴基里洛夫并导致他自杀。如果把陀氏作品中的人物看做是一个探索自由与信仰问题的系列,那么,《群魔》主人公斯塔夫罗金是完成了为所欲为而达到绝对自由的人,是自我实现了的拉斯科尔尼柯夫。陀思妥耶夫斯基发挥了他在《罪与罚》等作品中的思想观点:绝对自由是恶的冲动,是走向犯罪的桥梁。如果没有信仰的引领和良心的忏悔,就会走向绝对的腐化,走向虚无主义。《群魔》这个名称表达了陀氏对虚无主义的厌恶与贬斥。可以说,这部作品就是向俄国的虚无主义开刀的。虽然陀氏在创作过程中往往虚无主义与革命民主主义两者纠缠不清,但其实他是借此来攻击后者的。

虽然19世纪俄国的虚无主义者大多被看做是革命者,但最大的虚无主义者是反对暴力革命的托尔斯泰。托尔斯泰倡导信仰上帝,托尔斯泰主义具有明显的基督教色彩。但托尔斯泰的宗教属道德宗教,而非信仰的宗教。受19世纪60年代理性主义的影响,托尔斯泰的宗教拒绝任何超验的、神秘的因素,也拒绝那些繁琐的宗教礼仪。他写了四卷本《教义神学批判》,筹划创立一种新的宗教。新的宗教要“摆脱一切神秘性和非理性的因素和一切奇迹因素,这是一种常识性的实践宗教,它在此世之外不承认任何可能的至福”。

伏尔泰说,如果没有上帝,就要造一个出来。在这里,宗教成为一种教化民众、规范人伦道德、约束人欲的手段,而上帝不过是一个理性工具。

托尔斯泰与伏尔泰拥有同一个上帝。托尔斯泰的宗教否定了信仰的维度,否定了天堂的奖赏与地狱的惩罚,否定了上帝创造世界的神恩,更否定了教会主持的种种宗教礼仪。他把宗教道德化,把宗教内化为一种心灵与现实相互关系的理论、一种升华心灵境界的实践指南。所以,托尔斯泰主义是带有宗教虚无主义特点的自我道德修养。

最能表现托尔斯泰虚无主义的,是他否定人类的科技进步、文学艺术、审美品位以及生活方式的精致化,几乎包括了人类各方面的进步。这种否定发展到最后,托尔斯泰甚至否定了自己前期的创作。

托尔斯泰虚无主义的积极方面体现在他对国家机器的批判和对东正教教会的讽刺。在最后一部小说《复活》中,托尔斯泰把包括土地私有制度、国家的司法系统以及贵族的生活方式乃至整个俄国的上层建筑与经济基础进行了全方位的批判。正是从这个意义上说,列宁称“托尔斯泰是俄国革命的一面镜子”。

托尔斯泰的虚无主义与俄国的民粹主义发展紧密相

关。正如著名的宗教哲学家别尔嘉耶夫所说:“民粹主义永远是俄罗斯文化阶层软弱的标志,它缺乏健全的使命意识。”[①]“人民被知识分子想象为一种神秘的、异己的、极具吸引的力量。”而文化“产生于非真理”。“文化意味着与人民生活的断裂,意味着破坏有机的整体性;文化在‘人民’面前是有罪的,它远离人民,漠视人民。”[②]民粹主义的人民并不包括全体人民,而主要指平民、农民。民粹主义者把“平民化”、“大众化”作为政治制度合法化的终极标准。理解民粹主义,就能理解托尔斯泰晚年的平民化及其思想主旨。托尔斯泰晚年的“虚己”正对应民粹主义者在人民面前的软弱,托尔斯泰的草根崇拜与民粹主义者对人民的膜拜并无二致;托尔斯泰对待科学文化态度上的保守甚至反动,也与后者如出一辙。

从托尔斯泰身上,我们看到俄罗斯的虚无主义与民粹主义有着千丝万缕的联系。

虚无主义天生与俄国的革命具有某种精神的联系。从某种意义上说,1917 年俄国十月革命正是俄罗斯文化中虚无主义所取得的极致的胜利。

---

① [俄]尼·别尔嘉耶夫著,耿海英译:《陀思妥耶夫斯基的世界观》,广西师范大学出版社 2008 年版,第 98 页。

② [俄]尼·别尔嘉耶夫著,耿海英译:《陀思妥耶夫斯基的世界观》,广西师范大学出版社 2008 年版,第 99 页。

沉溺与超越

——俄罗斯心灵系列之二

一、沉溺与灵魂直观

陀思妥耶夫斯基具有真正的“灵视”能力。在《卡拉马佐夫兄弟》中，他借公诉人之口道出了俄罗斯灵魂的特质：“能够兼容并蓄各式各样的矛盾，同时体味两个深渊，一个在我们头顶上，是高尚的理想的深渊，一个在我们脚底下，是极为卑鄙丑恶的堕落的深渊。”①

俄国人认识事物的方式是独特的。他们在认识事物时并没有主客之分，而是把自己融入事物中去。认识的过程首先表现为融入过程，所以，俄罗斯思维非常习惯融入，喜欢融入，而不是像欧洲人那样在主客二分的前提下，对物的世界进行怀疑、分析、批判。

头脑与心灵是紧密联系的。这样的思维方式对俄罗

① [俄]陀思妥耶夫斯基著，耿济之译：《卡拉马佐夫兄弟》，人民文学出版社 1981 年版，第 1057 页。

斯心灵的影响是:特别易于沉溺。沉溺使他们易于把握事物的内在奥秘,使他们的心灵具有丰厚及至无限的深度。但沉溺也使他们容易陷入某种不良嗜好或习性之中。年轻时的托尔斯泰,一度喜欢社交,甚至流连色情场所。他怀着罪恶感出入这些地方,一边写下忏悔日记,一边却情不自禁地再次前往。而陀思妥耶夫斯基的不良习性是赌博,这是缠绕他一生的恶习。甚至在他新婚期间、蜜月旅行中都沉溺于此。在德国,陀氏把自己年轻的妻子留在旅馆里,自己则沉溺于轮盘赌,输了就写信给出版商要求预付稿费,或者向亲友告借。带着新婚妻子,身在异国他乡,陀氏经常让自己陷入一文不名的地步。发财的狂热梦想攫住了他,让这位俄国的伟大作家一度失去了理智。一方面,许多人靠他养活,家庭急需用钱——他不仅要支撑自己的家庭,还要负担哥哥一家的生活费用;另一方面,他却把手头仅有的钱拿去赌博,家庭与亲人因此落入赤贫的状态。一夜暴富的梦想,让陀氏一输再输,一赌再赌。

托尔斯泰与陀思妥耶夫斯基都是俄罗斯民族优秀的儿子,他们尚且如此,一般俄国人沉溺于酒精、赌博、情色等状况,更是十分常见。陀氏《罪与罚》中的马尔美拉多夫、斯维德里盖洛夫,托尔斯泰《安娜·卡列尼娜》中安娜及其哥哥奥布朗斯基等,都是这方面的典型代表。

容易沉溺是俄罗斯灵魂的显著特点。俄国作家像泰坦神一样的创作能量,像地层熔岩喷薄而出的创作才华,都与这种易于沉溺的特性有关。不管是对任何事物,只要他们发生了兴趣，就会不顾一切地沉溺进去，体会其中的种种况味，发现其中的精深奥妙之处。他们并不计较从中的得失，俄罗斯心灵是不善于计较的。他们所在意的，是生命被激活、激发的感觉，是生命能量淋漓尽致的挥洒。

由于地理环境的关系，俄国漫长的冬季使得人的身体活动受限，导致受限的生命能量转入内在。俄罗斯灵魂的沉溺转入他们擅长的领域——灵魂直观。对于国外的读者来说，俄罗斯文学的魅力首先是那种灵魂直观的魅力。俄国人有一种天生解剖自我内心的能力和嗜好，这一嗜好很容易让人堕入自我纠结甚至内心分裂的局面。《纽约时报》评陀氏的《卡拉马佐夫兄弟》时说，整个俄国仿佛一座疯人院，里面的看护与病人患有同样的病：他们的疯狂是由于他们对每一丝情绪都有强烈的自觉——因为他们看待每一丝情绪有如整个生命一般。此话虽然有些过激，却道出了俄罗斯灵魂的特质。

世代的沙皇专制是灵魂直观的另一个肇因。专制高压使俄国人的自我主体意识没有得到健康自由的发展，强健的生命力转入内在，直观自我生命。原本在民主自由的国度里能够正常的自我表达，在这里就显得有几分病态。俄罗斯文学神秘忧伤的气质正来自这种受到压抑、内敛而敏感的心灵释放。专制体制压抑个体生命的能量，俄罗斯心灵就以纯内在的感受来彰显自己的个性、自己的生命。而正是这些细腻敏锐的感受，赋予了俄罗斯灵魂以丰富独特的内在特质。

沉溺与灵魂直观赋予俄国作家丰富的心灵感受力，使他们笔下的形象具有鲜活的生命力，使他们的人道主义具有感性的特质，也因此俄罗斯文学拥有更加鲜明的形象性和富有感染力的语言艺术魅力。一般读者对于俄罗斯文学，要么不感兴趣，要么喜欢得就此沦陷、沉溺，这正是因为作品揭示了压抑、束缚下的生命奇观。19世纪俄罗斯文学作品中有一个十分奇特的现象，即作家在写到受苦的民众时，自己仿佛就是那底层被侮辱被损害的劳苦大众；写在官场底层苦苦挣扎的小公务员，作者仿佛就变成了一个受欺压的小公务员；写那些失业、无以养家、整日酗酒的落魄小市民时，作者仿佛就是那小市民本人；写心高气傲、决心用智慧向生活挑战的年轻人时，作者又好像完全站在他们的立场上。作者仿佛是自己笔下所有人物的代言人或者辩护人。这一现象不同程度地存在于俄国19世纪大部分作家的作品中，尤以陀思妥耶夫斯基为甚。苏联著名评论家巴赫金称陀氏创作的是"复调小说"："有着众多的各自独立而不相融合的声音和意识，由具有充分价值的不同声音组成的真正的复调。"这确实是陀思妥耶夫斯基长篇小说的基本特点。巴赫金称陀氏恰似歌德的普罗米修斯，他创造的是自由的人，而不是像宙斯那样只会创造无声的奴隶。巴赫金视此为陀氏的创作技巧，但笔者认为，与其说是技巧，不如说是出于深刻的同情心、包容心，是一种巨大的悲悯，是一种作家创作时体现出来的"心灵民主"。

沉溺与直观也赋予了俄罗斯文学独特的诚实、深刻、直指内心。同时代的如巴尔扎克、司汤达、夏洛蒂·勃朗特等人着力于塑造典型环境中的典型人物，如贵族子弟蜕变为资产阶级野心家的拉斯蒂涅，小资产阶级个人奋斗的典型于连，追求爱情、人格平等的小资产阶级知识分子女性简·爱等。人物性格的发展变化及现实欲求都与外部环境有着直接的关系。俄国作家则把笔墨直指内心，揭示人的内心世界的千变万化，在心灵的层面揭示人的本质。俄罗斯文学那种无与伦比的亲切感正来自心灵元素。那些甜蜜的忧伤、忧郁的幻想，那些忧虑、恐惧，那些陶醉，那些心灵契合，都是我们每个人都经历过的、都熟悉的，很容易唤醒我们心中的体验。从这一点上说，它们体现出一种普世的情怀。

二、沉溺与超越

容易沉溺到内心世界使俄罗斯灵魂呈现出非理性的特点，但俄罗斯灵魂的沉溺似乎又是理性的。具体表现在沉溺的同时，他们还保持了一种超越的态度。他们一边沉溺，一边在观看、分析、反省自己的行为。他们似乎有两个灵魂，一个在行动，一个在审视，这使他们的沉溺少了一些冲动，少了一些迷狂。他们始终明白自己在做什么，仿佛总在悬崖边上玩耍，却不会导致沉沦到无药可救的地步。

当然，这并不是真正意义上的俄罗斯的心灵超越。真正的超越体现在他们的理想主义、他们的浪漫精神。这种精神首先体现在十二月党人身上。这些贵族青年为了民族的发展进步，宁愿牺牲本阶级的利益，主张废除专制制度，废除农奴制，并且用生命去表达这一主张。当起义失败后，这些贵族青年被流放西伯利亚时，他们的妻子——上流社会的女性再次表现出了俄罗斯灵魂强大的超越能量。正像贵族青年超越本阶级利益来看待国家民族的大计，这些贵族女性以非凡的勇气超越了她们阶层的养尊处优，超越了她们不事生产的身份特权，跟随她们的丈夫流放到荒蛮的西伯利亚。

这种超越还表现在19世纪俄罗斯文化精英身上。这些大部分出身于贵族阶层的知识分子，他们关注的目光，他们的思想立场，并不在本阶级这里。他们是能够完全超越自身私利的人，是真正为真理而献身的人，他们把同情与关注都给予了下层人民、普通劳动者。在19世纪俄罗斯文学中，他们从为劳动者呼吁、呐喊、鸣不平到把他们作为俄罗斯的未来歌颂，使得19世纪俄罗斯文化有着鲜明的民粹特点。

陀思妥耶夫斯基在《少年》中，借主人公之口阐发了俄国人这种沉溺与超越的特质。沉溺使得他们在国外如在欧洲能迅速地与当地文化融为一体，甚至变成一个法国人、一个德国人："只有俄罗斯人甚至就在我们这个时代，也就是说，比将来得出普遍结论之前要早得多的时代，就已经能够在他是最纯粹的欧洲人的同时，也是最纯粹的俄罗斯人，这就是我们民族与其他民族最本质的区别。这一点，在我们这里是这样——在任何地方都是如此。我在法国，就是法国人，我们和德国人在一起——我就是德国人，和希腊人在一起——就是希腊人，而同时，又是最纯粹的俄罗斯人。”俄罗斯心灵可以充分感受如法国、德国、希腊人的心灵特质，然后沉溺进去，像真正的法国、德国、希腊人一样。

超越赋予俄罗斯文学以理想主义特质。即使在苦难最为沉重之时、之地，他们也不会绝望，也不会因此仇恨他人、报复社会。即使像陀氏笔下那些个人主义反叛者，他们反叛的目标也是针对恶，要消灭恶。拉斯科尔尼柯夫杀死放高利贷的老太婆，伊凡怂恿斯美尔佳科夫杀掉好色贪婪的父亲，不管背后的动机如何，从表面看，都是要消除生活中的恶。与此同时，他们憧憬未来，渴望世界大同，渴望人如神一样自尊、自由。犯罪可以说是他们超越平庸现实的手段。《穷人》中的男主人公穷到穿着露出脚趾的鞋子，在大街上忍受别人嘲笑的目光，但他以自己的爱与奉献为傲。《罪与罚》中的索尼娅自己生活在水深火热之中，却热心救助拉斯科尔尼柯夫，一步步引领着他忏悔、自首，走向灵魂新生。索尼娅以对天国的坚贞信仰超越了她妓女的身份。总之，他们以美好的人性超越现实生活底层的艰难与困苦，使友情、爱情、亲情的境界得以升华。

如果说沉溺是向人物的内心世界以及事物的内在沉潜，从中感受内在世界的万千变化，体验内心的风光旖旎，觉知事物本体的种种乐趣，那么，超越则是跨越现实的限制、生活的束缚、政治的黑暗以及生命自身的种种局限，向着理想、自由、和谐的未来奔放。俄罗斯心灵的这一特性使得俄罗斯文学即使在描写最苦难的生活、最黑暗的现实时,也不会失去理想的高度,不会令人感到灰心绝望。沉溺令我们看到俄罗斯心灵的无限丰富,超越令我们看到其未来的无限可能性。

沉溺成就了俄罗斯心灵的深度,超越成就了俄罗斯灵魂的高度。

形式与界限

——俄罗斯心灵系列之三

一、界限

谈到俄罗斯心灵，19 世纪俄国著名宗教哲学家尼·别尔嘉耶夫有一句话很经典：“（俄罗斯）难以被一般人的头脑所理解，也不是任何理论和学说的尺子可以度量的。”[①]

德国文化学家斯宾格勒对俄罗斯心灵有着独特的认识。他认为，俄罗斯文化本原的空间形式是广阔的原野。西方的文化心理是仰视，而俄国人是平视。“两种心灵的死亡冲动也是有区别的，对于西方人来说，它是想方设法向无限空间突进的热情，而对俄罗斯人来说，它则是自我的一种表达和扩张，直到‘彼物’在人身上变成与无边的原野本身相同一的东西。”[②]斯宾格勒认为，俄罗斯心灵习惯

① ［俄］Вл. 索洛维约夫等著，贾泽林等译：《俄罗斯思想》，浙江人民出版社 2000 年版，第 262 页。

② ［德］奥斯瓦尔德·斯宾格勒著，吴琼译：《西方的没落》，上海三联书店 2006 年版，第 28 页。

于在一个平面上表达兄弟之爱，它的神并不是高居上空。所以神秘的俄罗斯式的爱是一种原野之爱，是对沿着地面全都处于同等压力之下且生死与共的兄弟的爱，是对大地上全部生灵的爱，但不是对鸟儿、云彩和星辰的爱。就对神的信仰来说，西方人是崇拜，而俄国人则是自我扩张——扩张到像神一样伟大。

基于俄罗斯文化独特的认识论——主体消融进入客体中，俄国人的主体自我与客体环境之间的界限不是十分清晰，甚至可以说没有界限。俄国人认识事物时，通常会把自己投入到客体中，在这个过程中，主体要做到的就是放弃自我。

融入物体的认识方式与自我扩张的心灵需求，导致俄罗斯心灵易走极端，缺乏界限。我们先看一个极端的个例，18 世纪的俄国沙皇彼得大帝就是俄罗斯心灵易走极端的典型代表。当他感觉俄国人应向西方学习时，他就把首都迁到了离欧洲更近的圣彼得堡；他像西方人那样操练军队，向西方学习文化制度，甚至学习日常的饮食起居和生活方式。他命人写了小册子，发给适龄青年，让他们学习西方文明的行为规范。他向俄国人的大胡子和宽袍大袖开刀。据说，彼得大帝经常在宴会上亲手剪掉客人的大胡子、宽袍袖子。

托尔斯泰的离家出走，是俄罗斯心灵走极端的另一代表。19 世纪 70 年代末 80 年代初，托尔斯泰的世界观发生了转变：由贵族地主立场转到宗法制农民的立场上。他不仅放弃稿费,给农民减租,甚至把土地分给农民,还吃斋吃素,拒绝一切奢侈享受,穿俄国农民式的宽袍大袖、草鞋,经常下地劳作。在这一切以后,托尔斯泰还觉得不够。他否定了自己以前包括《战争与和平》这样巨著在内的所有创作,认为它们是“老爷们的无聊玩意儿”。他的晚年创作以道德说教与政论为主,大大降低了其作品的艺术价值。在身体力行地做了一个平民以后,托尔斯泰仍不满足,因为他的家人还是过着衣来伸手、饭来张口的寄生生活,这样的环境玷污了他平民生活的纯洁性。于是托尔斯泰在1910年10月离家出走,中途因感染肺炎,于11月在俄国梁赞省偏僻的阿斯塔波沃去世。这位82岁的老人为了践行自己的世界观,付出了生命的代价。

斯宾格勒认为,俄罗斯心灵是没有意志的。这句话不全对。因为动机产生意志。俄罗斯心灵缺乏从个体自我出发谋求利益的动机,所以,缺乏西方式的个人主义立场,但俄罗斯心灵并不缺乏意志。像彼得大帝、托尔斯泰式的民族巨人,他们的意志力是惊人的,但他们的心灵确实缺乏节制、适度、分寸与界限。“赤裸裸的激情”——著名思想家伊万诺夫对于俄罗斯民族心灵的概括,是很准确的。

缺乏界限的另一种类型是陀思妥耶夫斯基塑造的一系列形象。陀氏笔下几乎所有的人物都是走极端的,不知界限为何物。最典型的要算《群魔》中的斯塔夫罗金。这是一个在各方面都不加限制而走向极端的人。他是一个贵族,家境富有,生在一个混乱的年代。他渴望尝试一切,具有推翻帝国的雄心，却缺乏把一件事做到底的热情。他是一个极端矛盾体。他卑鄙到强奸幼女，却又与一个极端贫穷、跛脚、弱智的女子结婚，且从来不碰她。他领导着一个从事暗杀的革命组织。他羞辱长者，当众撕扯别人的耳朵，就为了表示为所欲为。他极度地体验一切，从伟大的思想到终极的堕落和嘲弄，在一切方面都走极端。尼·别尔嘉耶夫在《陀思妥耶夫斯基的世界观》中认为，斯塔夫罗金这一形象揭示了这样的精神悲剧："由于无节制而耗尽的悲剧，由于人的个性没有界限、没有选择、没有定规地渴望无穷尽的东西而僵化和死亡的悲剧。"斯塔夫罗金在热情与无情、威严的领袖与胡闹的小丑、善与恶之间跳跃，最终耗尽了自己的生命力。

斯塔夫罗金这一形象以负面或者阴影投射的方式刻画出"俄罗斯之灵"的某些特质。这一形象如此成功，以至于《群魔》主人公彼得·韦尔霍文斯基成了次要人物。尼·别尔嘉耶夫认为，斯塔夫罗金是书中所有其他人物的"精神之父"或者"光源"，其他人物都是得到他的照耀才发光并折射他的本质，如基里洛夫、沙托夫等。他在一切方面都越过界限。但"过犹不及"，事物就存在于分寸之中，无限超越就会陷入虚无。斯塔夫罗金的最终命运只能是自杀。

二、形式

俄罗斯心灵的形式丰富多彩。其中，最基本的形式是人与人之间兄弟般的情谊、亲人般的联结,视自我孤立为病态,视自我立场为骄傲甚至犯罪,所以称之为“精神集体主义”。

(一)精神集体主义

19世纪俄罗斯文化最突出的特质就是温暖的集体主义,这是一个没有等级差异的集体。支撑它的是上帝面前人人平等的观念及俄国乡土中最基本的生存单位——“村社”里的人际伦理关联。

陀思妥耶夫斯基在1864年4月16日的日记中写道:

> 自以基督作为有血有肉的理想的人出现之后,一清二楚的是:个性最高和最终的发展。……正是要达到使人发现、意识到并且完全相信,在个性和自我充分发展的情况下,人的最大用处似乎就在消灭这个“我”,并且全部无偿地贡献给大众,献给他们中的每一个。这就是最大的幸福。这样一来,“我”的法则与人道主义法则就融合在一起了,在融合中,双方即“我”与“大众”(看起来是两个互相对立的极端)既是相互消灭,同时又各自能达到自我个性发展的最高目标。这就是基督的天堂。无论是人类,还是人类的一部分和单独的个人,他们的全部历史就是发展、斗争、追求和达到这一目标。

把自我完全投入到群体之中,在为群体谋福利的过程中，实现自我个性发展的最高目标。这是俄罗斯心灵集体主义的形象描述。

如果说心灵之形式的形成与环境物象相关，那么，影响俄罗斯心灵的物象就是广袤无垠的草原与极端的气候；如果赋予它以声音，那么它是一首悠长、忧伤的歌谣；如果用一幅画来展示，那就是圣母悲悯地看着怀中的圣子；如果说心灵形式受意识法则的影响，那么在19世纪末期，俄国无论是宗教界还是世俗界，盛行一种精神集体主义的思想。俄国著名的哲学家尼古拉·洛斯基认为：事物都具有内在的共同法则，因而形成一种理想的、形式的和抽象的共体性。“正是这种共体性规定了认识的可能性和‘一切彼此内在的’团体的可能性。生活的目的在于从这种抽象的共体性向具体的、本体的共体性过渡，而后者的绝对丰满就是上帝之国。”

精神集体主义造就没有界限的灵魂。对于俄国人来说，“我们”、“大家”这些概念是亲切的，是他们日常的自我状态。他们不愿以“我”、“个人”等突出自我的姿态出现在众人面前。真正的俄国人不屑一顾地视作虚荣的东西就是这个“我”，且恰恰是这个“我”。

正是受精神集体主义的影响，拉斯科尔尼柯夫这个骄傲的大学生自视为“现世拿破仑”，却要在杀人后，寻求妓女索尼娅的精神支持，并再三让索尼娅保证不会撇下他不管，不会不理他。正是这样的精神集体主义，令托尔斯泰笔下的主人公们认同普通农民的信仰，并从中受到教益。

正是由于精神集体主义,使屠格涅夫笔下的青年们结下了足以超越阶层、民族甚至国界的情谊。这种精神集体主义使19世纪俄罗斯文学散发着独特的魅力,有一种温暖人心的力量。

当西方资本主义的拜金主义、利己主义、个人主义大行其道之时,当欧洲文学中几乎都是急功近利的于连、渴望飞黄腾达的拉斯蒂涅、不择手段地谋取私利的莉蓓加·夏泼时,俄罗斯文化中的集体主义倾向明显带有矫正的意味,这也是这一时期俄罗斯文化之特质。

(二)寻求终极与绝对

寻求终极与绝对是俄罗斯心灵的另一主要特征。别尔嘉耶夫在他著名的《俄国魂》一文中,认为俄罗斯精神之谜在于在各个方面都寻求终极、彻底与绝对。

19世纪俄罗斯文坛风行各种救世思想:西欧派、斯拉夫派、民粹派、自由派等。不管是哪一派,都意在为其提供一个形而上的绝对理念,并认为“普遍幸福和谐”的黄金时代即将到来。

寻求终极与绝对在陀思妥耶夫斯基的创作中有鲜明的体现。以梅希金公爵为代表的“救赎者”,他们的人生目标既不是追逐利益,也不是寻求情欲满足,而是把“至善”作为人生的方向。从某种程度上说,他们并不活在此世,而是活在“彼岸”,活在上帝的终极世界里。

托尔斯泰的主人公同样受到终极问题的困惑。列文对人生形而上意义的追问,聂赫留多夫不停地进行“灵魂大扫除”，都是意欲超越尘世的、现实的羁绊，在终极层面上获得人生的意义。

“在俄国，只有通过宗教天启才能发现人，即只有通过揭示内在的(而不是外在的)人，揭示基督心中的人，才有可能发现人。这就是俄罗斯的绝对精神。”①

寻求终极与绝对并不使俄罗斯心灵枯燥、封闭，相反，它十分感性。建立在以浸入、感受基础上的认识思维，造就俄罗斯心灵丰富的感受性。它赋予俄罗斯灵魂以浪漫主义特色，善感的，富有同情的，情绪饱满的，如流动的河水一样浸漫一切，理解并包容一切。在 19 世纪俄罗斯文学中，我们会感受到人类各种鲜活的情感，在世界文学中无出其右者。熟悉托尔斯泰的人应该记得，在《童年·少年·青年》的开篇，作者以极短的篇幅带领我们进入主人公的内心世界，看到这个容易受伤的孩子的自怜自艾，他的羞愧，他的感伤，他的快活，以及这些情绪相互转化的肇因。如果说童年尼科连卡的这些情绪只属“微表情”，那么《安娜·卡列尼娜》中安娜追求爱情幸福始而以悲剧自杀终的一生，则充分展示了俄国贵族妇女感性心灵的方方面面。

善感、多变，俄罗斯灵魂具有浪漫的特质。感性、浪漫一般与脆弱相关，我们在欧洲浪漫主义者身上经常看到这

---

① [俄]Вл. 索洛维约夫等著，贾泽林等译：《俄罗斯思想》，浙江人民出版社 2000 年版，第 285 页。

些相联系的特质,但在俄国人并非如此。与之相关的是坚忍、宽容,还有风一样的扩张能力。正如伏特加酒被称为“俄罗斯的上帝”一样,情感正是俄罗斯的灵魂。一旦俄国人的情感被激起,内心被点燃,他们的英勇与豪迈是世界其他民族所无法比拟的。西方世界有史以来的著名英雄与枭雄——拿破仑与希特勒都败在俄国人手里,这不是偶然的。

(三)矛盾对立中的张力与丰富

在19世纪俄罗斯文学中,经常出现人物性格气质的对立。或者说,很多作品中存在着奇特的对立系统。如果说奥涅金表现了俄罗斯灵魂的游移,那么塔吉亚娜则表现了俄罗斯灵魂的坚定;如果说罗亭表现了俄罗斯灵魂思想语言的丰富与行为的软弱,那么娜塔莎则表现了俄罗斯灵魂献身理想与爱情时的义无反顾;如果说安娜表达了19世纪中期俄罗斯感性世界的丰富,那么列文则表达了同时期地主阶层的理性探索;如果说拉斯科尔尼柯夫代表了俄罗斯灵魂叛逆的勇气,那么索尼娅就体现了俄罗斯灵魂救赎的能量。

19世纪俄罗斯文学特别喜欢描述对立的心灵模式,这不是偶然现象。文学是现实的反映,这种对立源于现实中的俄罗斯心灵。无论是历史还是现实,不乏此类现象。

这种矛盾对立不光表现在人物之间,个体内在也存在着这样尖锐的矛盾:陀思妥耶夫斯基《温顺的女性》中的丈夫形象就显示了俄罗斯灵魂的“悖论”状态。故事中的丈夫与妻子结婚后，处处控制她，包括家庭的每日开销、去戏院的次数以及妻子在当铺经营中的行为。丈夫的骄傲、冷漠与掌控终于导致夫妻关系出现了问题。妻子与丈夫的敌人约会，并知道丈夫在军队中因胆怯而被迫离开的不光彩过去，用手枪指着丈夫，在死亡的威胁面前，丈夫以自己的“勇敢”洗刷了过去的耻辱。然后，丈夫爱上了妻子，却并不表现出来，而是陶醉在自己的幻想中。妻子在丈夫外表的冷漠中消耗着生命的能量，并逐渐对婚姻感到心灰意冷。但当妻子发现丈夫在企求爱情时，她不由得“严厉”地看了他一眼。“这一眼”扭转了两人的关系，丈夫从先前的冷傲一变而为谦卑，他向妻子忏悔并夸大自己的“罪行”，亲吻她的脚，甚至亲吻她踩过的土地。终于，没有被冷傲、严厉打垮的妻子在丈夫的谦卑面前崩溃了。最后，妻子怀抱圣像自杀了。

这位丈夫具有真正的俄罗斯灵魂的特点：矛盾性、不确定性。在冷傲与谦卑之间，情绪转换之由，不过是妻子一个严厉的眼神。虽然丈夫自认为爱着妻子，但其实也并不确定。丈夫经营当铺，可并不是真正的资产者。丈夫的目的是积攒一笔钱去过与世隔绝的日子。正是这种不确定性，使丈夫无法与妻子正常沟通，最终导致悲剧的发生。

正如赫拉克利特所说，万物处于矛盾对立中。在俄国人，这似乎首先说的是人之灵魂。这种对立状态的相互转化，在俄罗斯式的虚无主义中也有呈现。陀思妥耶夫斯基的另一部短篇小说《一个荒唐人的梦》展示了俄罗斯灵魂如何从一切都无所谓的虚无主义过渡到对立面:“爱,爱一切人。”虚无主义的极致就是自杀。这个虚无主义者在自杀前做梦,梦见自己到了人类相亲相爱的黄金时代,而由于他(即虚无主义者)的影响,人类开始分裂、憎恨。最终他领悟到:生命唯有爱,才有出路。从厌弃到爱,荒唐人的心灵从矛盾对立中找到了真理。

《地下室手记》中的主人公正是处于这样的矛盾对立之中,他心怀歹意的同时,又心怀善意;有作恶冲动的同时,又有向善的冲动。在地下室主人公这里,过多的意识与极度缺乏行动构成矛盾、对立,如此状态使他不会成为任何“定型的东西”。

(四)耽于幻想

活在内在自我的心灵,对于神秘的东西极其敏感,特别善于聆听内心的声音。耽于幻想是一种十分典型的俄罗斯气质。

陀思妥耶夫斯基的某些中短篇小说在描述俄罗斯灵魂状态方面十分出色。

《白夜》表现了俄罗斯灵魂梦想的维度。它的主人公是一个标准的梦想家,日日夜夜沉溺在梦想里,靠着梦想度日,而实实在在的现实生活少得可怜。他在梦想中经历了所有凄婉唯美的爱情,与历史文化名人交流,出入浪漫主义作家描绘的奇幻场景之中。他厌倦却也沉溺于这样的幻想之中,因为在这样的幻想里:

他什么也不希求，因为他高于希求，因为他有一切，因为他已过于满足，因为他是他自己生活的画师，他随心所欲地创造自己的生活，使它每一个小时都合自己的意。①

虽然是在梦想中经历一切伟大的情感，但他的心灵经受着差不多与现实同样的乃至更多的热情，甚至可以说有某种活生生的可以触摸的东西。在他梦想的爱情中，他经历了爱情所有的酸甜苦辣。

地下室的主人公也是一个幻想家。当他在现实中免不了蝇营狗苟、夜宿青楼时，当他干一些低下的勾当——意识无法接受的行为时，他就会“躲进一切美与崇高以求解脱”。在无尽的幻想中，他感到自己“有信、有望、有爱”，并且相信会有某种奇迹出现，那时自己就不是地下室里的小人物，而是“骑白马、戴桂冠”的英雄。他用幻想改造现实，慰藉自己，并与自己和解。虽然生活一团糟，他却用幻想把自己高举起来。现实中的低劣与幻想中的崇高伟大互相平衡着，使他不至于因为完全无法接纳自己而崩溃。

在《鳄鱼》中，伊凡·马特维伊奇在被鳄鱼吞入肚子里时，依然在考虑人类的前程、俄国的命运，甚至幻想自己从

① 《陀思妥耶夫斯基选集·中短篇小说选》，人民文学出版社 1982 年版，第 303 页。

此拥有美妙的灿烂的前程。

喜爱梦幻并耽于梦幻，俄国著名诗人费·伊·丘特切夫的一首诗对此作了最准确的表达：

沉默吧，把你的一切情感
和梦想，都藏在自己的心间，
就让它们在你的深心，
好似夜空中明亮的星星，
无言地升起，无言地降落，
你可以欣赏它们而沉默。

你的心怎能够吐诉一切？
你又怎能使别人理解？
他怎能知道你心灵的秘密？
说出的思想已经被歪曲。
不如挖掘你内在的源泉，
你可以啜饮它，默默无言。

要学会只在内心里生活——
在你的心里，另有一整个
深奥而美妙的情思世界；
外界的喧嚣只能把它淹灭，
白日的光只能把它冲散，——

听它的歌吧，——不必多言！……①

正如中国京剧的高亢、苍凉、婉转、低回凝聚了中华民族的情感模式，沉默内心世界的丰富多彩呈现着俄罗斯灵魂的深度与宽度、激情与柔情。

易耽于幻想之所以成为俄罗斯民族的一种典型气质，首先与它所处的独特的地理环境、气候有关。首先，漫长的冬季、严寒的气候影响了户外活动；广漠的草原、宽广的地域与交通的不便限制了人际间的交往。其次，专制制度控制着人们的社会交往活动。这样，受到种种限制的心灵在对自由的冲动里只能与自己的灵魂游戏：沉溺幻想，耽于梦幻。

沉溺幻想的灵魂并不抗拒与外界的交往，相反，他们非常珍惜人与人之间的情谊。当这些沉于幻想的灵魂走出自我而与外部世界接触时，他们显得真诚、坦率，对他人毫不防备。正像《白夜》中的男女主人公，他们仅仅在几次邂逅后就把彼此视为知己；或者像《穷人》中的男女主人公，随时准备倾其所有去帮助对方。这时，他们就像古代中国的侠客义士一样勇敢、有担当。

① [俄]费·伊·丘特切夫著，查良铮译：《丘特切夫诗选》，外国文学出版社 1985 年版，第 33—34 页。

爱情的表达与追求

——从塔吉亚娜到安娜

在世界文学的画廊里,19 世纪俄国女性在浪漫方面不及法国女性:如《红与黑》中的玛蒂尔德,敢于超越出身、名誉等世俗观念,全身心地投入爱情;如夏洛蒂·勃朗特笔下的简·爱,在爱情中追求人格的独立与精神的平等;或者如安妮·勃朗特笔下的爱情,犹如本能一样非理性、冲动、毁灭。19 世纪俄罗斯文学中的女性与爱情有着更多与社会文化的关联和时代的特质。

经历过彼得大帝的改革与 1812 年的卫国战争,俄罗斯文化中已融入不少西方元素。如果说西方文化的影响在男性那里是自由、民主方面的政治冲动,那么在俄国女性方面呼应这种西方影响的,就是女性个体自我意识的觉醒和她们对于爱情的追求与向往。

在 19 世纪俄罗斯文学中,一个突出的现象就是,与男性相比,女性通常更勇敢、更富于牺牲精神。

俄国女性的勇敢可以追溯到自己的祖先萨尔马特人时期。萨尔马特人要求妇女在结婚前必须要杀死数名敌人方能出嫁做新娘，这在世界历史文化中是绝无仅有的。

一、贵族妇女爱的觉醒

普希金《叶甫盖尼·奥涅金》中的塔吉亚娜，是19世纪俄国贵族妇女爱的觉醒的标志。这个腼腆羞涩的贵族少女喜欢大自然，喜欢自己的奶娘：

> 她腼腆、忧郁、沉默寡言，
> 胆怯得象林中的小鹿一样。
> 虽然她住在自己家中，
> 却好象是别人家中的姑娘。

塔吉亚娜外表羞涩，却有着丰厚的内在特质。俄国的民间文化与欧洲的先进文化是她的精神食粮，欧洲的启蒙时代与浪漫主义小说是她的精神伴侣，卢梭、歌德、斯达尔夫人笔下的爱情故事激励着这位俄国乡间的贵族少女。虽然父母对于她就像陌生人，但她与为爱情献身的人物神气相通。所以，柔弱只是塔吉亚娜的外表。当她爱上奥涅金后，她并不费尽心机地迷惑对方，让对方开口，像当时大多数社交圈中的风流贵妇们经常玩的把戏；或者把自己的心事巧妙地藏起，像某些善于自我保护的姑娘。塔吉亚娜是一个对待自己的感情诚挚而勇敢的人。在爱情中，她既不做作，更不去想荣誉与自我保护。她做出了一个勇敢的举动——向奥涅金表白。她的求爱信就是爱情宣言，也是俄罗斯文学中最美的篇章之一：

……

不，在这世界上，
我的心决不会献给任何一个人！
这是神明所注定，上苍的意思：
只有你才能占有我的心。
我整个生命是最好的证明，
保证我一定会和你相逢；
我相信，你是上帝赐给我的，
你将要保护我的一生……
在梦里你曾来到我的面前，
虽不可捉摸，我却感到亲切，
你奇异的目光如此乱我方寸，
你的声音早就在我心中萦回……
不，这不是虚无缥缈的梦境！
你一进来，我立刻就察觉，
我顿时呆住，浑身燃烧，
心里默默地说：就是他！
……

世界文学中，可有哪位女性爱得如此坦诚、奋不顾身？如此毫无保留？尤其对于一个天性羞涩的姑娘来说。

塔吉亚娜的第二特质是她独到的眼光。当周围的人把奥涅金看做异己分子、不安分者，塔吉亚娜却领悟到奥涅金的不同寻常。奥涅金虽是时代的“多余人”，但他的“多余”，正是周围那些闭塞的农奴主们所欠缺的，就是西方先进文化的感召。在奥涅金的书房里，塔吉亚娜受到了同样的感召。她的爱不单纯是男女之爱，还有基于思想的息息相通。在这份爱情里，就有着对于农奴制下俄国乡间庸俗鄙陋现实的反叛。

与赤诚的爱情形成对比的是婚后的坚贞，是塔吉亚娜高度的道德敏感性。塔吉亚娜嫁人以后，虽然并不爱丈夫，但面对奥涅金的追求，她又义无反顾地维护自己的家庭，把捍卫丈夫的尊严、家庭的荣誉放在首位。与一般在婚姻的遮掩下放纵的贵族妇女不同，塔吉亚娜的爱是合乎道德的，她不可能在别人痛苦的基础上去享受爱情。她在爱情上表现出高度的克制与理性。这位勇敢的俄国女性，其胸怀超出周围所有的人，包括奥涅金。

总之，勇敢地表达爱情是塔吉亚娜爱的觉醒的标志，是俄国贵族妇女爱的觉醒的标志。

二、敢于担当，为爱献身

也许是由于屠格涅夫有一位强势的母亲，与笔下的男性相比，屠格涅夫笔下的女性形象更坚强、更勇于担当。

屠格涅夫塑造了一系列勇敢女性的形象，在《罗亭》中，正是娜塔莉亚在爱情上的勇敢，衬托出了罗亭的胆怯。如果说罗亭只是口头革命家，那么娜塔莉亚则是敢于冲破现实规则的行动家。她勇于反抗母亲安排的婚姻，敢于与罗亭私奔，用自己的双手创造幸福。

《贵族之家》中的丽莎，是一个以自我牺牲来成全别人并担当贵族生活方式之罪恶的少女。丽莎与拉夫列茨基深情相爱，但本来传说已经死去的拉夫列茨基的妻子瓦尔瓦拉突然归来。当这个三角关系陷入僵局时，拉夫列茨基没有勇气与不检点的妻子离婚，丽莎则毅然进了修道院。丽莎进修道院不仅仅是不愿破坏别人的家庭，更是要为自己的家庭甚至整个贵族阶级赎罪："我什么都知道，无论是自己的罪孽，还是别人的罪孽，还有爸爸是怎样聚敛自己的财富，我全都知道。这一切都需要祈祷，以期得到赦免……"在农奴制改革前夕，整个俄国社会矛盾重重，当周围的贵族男性如拉夫列茨基感到需要有所作为却不知如何去做时，丽莎勇敢地担当起家庭的罪孽甚至整个贵族阶级的罪孽，为贵族剥削、腐朽、寄生的生活忏悔、赎罪。如果说丽莎在现实的爱情方面是怯懦的，那么她在信仰的心灵层面是坚强的。对于她来说，义务比权利更重要。俄罗斯文化一向注重心灵层面，当整个贵族阶级罪孽沉重，丽莎以一柔弱女子的臂膀担当起这些罪孽。如果说《罗亭》中娜塔莉亚敢于担当爱情的全部责任，那么丽莎就是敢于担当贵族阶级之罪恶的全部责任。

《前夜》中的叶莲娜则完成了《罗亭》中娜塔莉亚的爱的遗憾，同时负起《贵族之家》中丽莎在信仰理想层面的职责。这个热情、正直、富有牺牲精神、美丽的俄国贵族少女,虽然生长在贵族家庭,但内心拥有自己的理想和未来。为了爱情,她牺牲了原本富裕无忧的生活,放弃了父母的爱,不顾父母反对,嫁给了保加利亚的流亡革命者英沙罗夫。她毫无保留地把自己同丈夫的命运连在一起,决心为他的祖国解放而献身。英沙罗夫在回乡的旅途中病故,叶莲娜依然忠于自己的信仰,义无反顾地独身去保加利亚做一名起义者志愿看护。作品中,当叶莲娜向英沙罗夫表白后,两人的如下对话可以说是中外爱情篇章中最精彩的对白之一:

"那么,你会随着我,到任何地方?"一刻钟以后他对她说,仍然把她拥在自己的怀里,支助着她。

"任何地方,天边、地极!你到哪里,我也到哪里。"

"你不是在欺骗自己,你知道你父母永远不会同意我们的婚姻?"

"我不是在欺骗自己,父母不会同意,我也知道。"

"你知道我贫穷,几乎是个乞丐?"

"我知道。"

"你知道我不是俄国人,我的命运不容我住在俄国,你将不得不和你的祖国、你的亲人,断绝一切联系?"

"我知道,我知道。"

"你也知道我已经献身给那艰苦的、不望感激的事业,我——我们不仅要经历危险,也许还要忍受贫困、屈辱?”

“我知道,一切都知道——我爱你!”

“你知道你将不能不抛弃你所习惯的一切,在那边,独自一人,生活在陌生人中间,也许不能不亲手操作——”

她用手掩住了他的嘴唇。

“啊,我爱你,我的亲人!”

世界文学中有不少为爱献身的女性形象,却没有一个人像叶莲娜这样义无反顾。对于叶莲娜来说,爱情不是索取而是奉献,是献身。生活中有这样一类女性,她们仿佛就是为牺牲和献身而生的。她们明白,人生短暂,现实生活很容易陷入琐碎的利益纠葛,令心灵受困。超越这种琐碎的唯一方法,就是献身于理想,从而使自己克服短暂、渺小,让人生获得坚实、永恒的意义。如果联系当下以物质为婚姻标准的女性,叶莲娜这样的女性会被视之为“不食人间烟火”,或者是惊为天人;如果放在其他文化背景下,叶莲娜这样的女性似乎也是过于理想化了。但在俄罗斯文化背景下,这并不奇怪。在十二月党人起义失败后,那些养尊处优的贵族妇女敢于跟随她们服苦役的丈夫到艰苦荒蛮的西伯利亚去,从中就不难理解叶莲娜了。作家陀思妥耶夫斯基在去服苦役的路上,曾接受过妇女们的捐赠与帮助。这些妇女不惜走十几里路,等在苦役犯经过的路旁，给这些素不相识的人送上御寒的衣物和《圣经》。有些人就是靠着这样的温暖度过了最为艰难的日子。

俄罗斯文化背景下的东正教信仰中有一个很重要的元素——圣母崇拜。温柔的圣母怀抱着心爱的独子，目光中满含悲悯。当圣母形象内化为俄罗斯女性的自我认同时，我们就可以理解俄国大地上这些崇高的女性了。

三、爱的追求

如果说，在19世纪二三十年代，俄国贵族妇女对爱的觉醒还只限于心灵层面，其代表人物是塔吉亚娜，那么，屠格涅夫笔下的娜塔莉亚、叶莲娜已经勇敢地献身于爱情。但是，叶莲娜的这一形象与其说是这一时代贵族妇女的代表，毋宁说她是这个时代的理想化身，是对时代革命精神的呼唤，代表着一代进步青年渴望变革现实、为理想奉献的情愫，因此，这一形象并不具备更多现实层面的意义。真正标志着俄国贵族妇女自我觉醒的，是托尔斯泰笔下的安娜·卡列尼娜。安娜已不满足于精神层面的爱情，而是要在现实中实现爱的梦想，体验爱的甜蜜。为此，她不惜抛夫弃子，离家出走，并与整个虚伪的上流社会决裂。

安娜出身于贵族家庭，在18岁那年嫁给了比她大20岁的卡列宁。卡列宁是官场的成功人士，但多年的官场生活使他养成了虚伪的个性，凡事都从社会规则中寻找解决问题之道。他的虚伪压抑了安娜蓬勃的生命力。安娜在不懂爱情的年龄结婚，婚后只能把全部情感寄托在儿子身上。在遇到渥伦斯基后，她身上的女人天性觉醒了。虽然经过理智的压抑、世俗社会条条框框的考量，但安娜最终还是毅然决然地要寻求幸福，不再做婚姻牢笼中的金丝雀、上流社会的模范贵妇人。只有爱情，才能让她感觉到自己还活着，她决心放弃一切追求爱情：

> 时候到来了，我知道我不能再欺骗自己，我是活人，罪不在我，上帝生就我这样个人，我要爱情，我要生活！

安娜"我要爱情，我要生活"的呼喊，无异于19世纪俄国妇女的爱情宣言。这是19世纪俄国在农奴制废除、人们摆脱了政治经济的压抑束缚后，人性自身渴望解放的呼声。作为已婚的贵族妇女，安娜承受着一般人无法理解的压力：丈夫的高官地位，上流社会的舆论谴责，母子亲情的难以割舍，以及自己无法获得合法婚姻身份的不确定等等。

马克思说：人的本质是一切社会关系的总和。安娜整个的社会关系都集中在上流社会，脱离上流社会，不能与儿子相聚，安娜的全部生活就只剩下爱情。她是拿整个生命来爱的！这样的爱情至上与欧洲文艺复兴时期女性的爱情追求相似。俄国没有经历文艺复兴，在安娜生活的时代，俄国刚刚走出农奴制，安娜勇敢地追求爱情与幸福，在某种程度上弥补了俄罗斯文化中关于爱情的人文精神的缺失。

先行者的宿命往往是牺牲。安娜这一爱情上的觉醒者，践行了自己“要爱情”、“要生活”的宣言，却不得不负起与整个社会作战的重担，这是她无法胜任的。当上流社会把她孤立起来，她能抓住的，就只有爱情。她把整个生命的能量灌注于爱情，但渥伦斯基显然无法承受她的“爱之重”。所以，最终她的爱情只能像手中的流沙，攥得越紧，流得越快，只能以自杀的悲剧收场。

安娜追求爱的一生虽然以悲剧告终，但她勇敢地捍卫自己神圣的爱情，体现出英雄般的勇气和令人震撼的人格力量，她那“我要爱情，我要生活”的强劲呼声回响着时代的召唤、时代的强音。

在安娜的悲剧命运中，预示着俄罗斯民族“人”的觉醒，显示出俄国社会转型时代的到来。

从塔吉亚娜爱的觉醒，到安娜爱的追求，俄国贵族妇女完成了爱的跨越。安娜走出家庭，是她爱的历程上的一大步，也是俄国贵族妇女个性解放历程上的一大步。

高傲的受难者与坚忍的牺牲者

——陀思妥耶夫斯基笔下的女性形象

陀思妥耶夫斯基笔下塑造了几十位女性形象。如果说男性形象体现的是陀氏灵魂的探索轨迹,那么他笔下的女性同样具有强烈的作家主体风格。

陀氏笔下的女性形象基本可以归为两类:一类是高傲的受难者,一类是坚忍的牺牲者。

一、高傲的受难者

高傲的受难者包括《白痴》中的娜斯塔西亚、《罪与罚》中的杜尼娅、《群魔》中的莉莎等。这些妇女或出身贵族阶层,或受过一定的教育,对于人生有自己独特的精神追求。由于19世纪俄国的政治、经济并不文明与发达,现实并没有为她们提供广阔的舞台,这些妇女的人生理想无法顺利实现,所以,她们只能在感情的天地里表达自己的精神欲求。也就是说,她们那种超越世俗的非凡的人生追求不得不寄托在男性身上,这正是她们的人生苦酒。

高傲是这些人物形象最明显的特征。如《白痴》中的娜斯塔西亚，梅希金公爵仅仅从照片上就看到了她的美、她的高傲与激情。甚至在将军女儿们稍带妒嫉的眼神里也能表达出娜斯塔西亚惊人的美："一个人有这样的美，就可以颠覆整个世界。"但是在19世纪60年代，一个无依无靠的孤女，她的美与骄傲只能酿成悲剧。

娜斯塔西亚是一个孤女，被上流社会的体面人物托茨基收养，并在16岁时成了他的情妇。四年后，当托茨基想娶将军的女儿时，为了摆脱娜斯塔西亚，便以七万五千卢布作为陪嫁，把她嫁给了将军的秘书加涅契卡·伊伏尔庚。伊伏尔庚是一个贪财的小人，虽然一再声明不是为了七万五千卢布而娶娜斯塔西亚，但掩饰不住自己的虚伪。

娜斯塔西亚的美带来的是拍卖、收买。围绕她的，就是一帮所谓的体面人物，其实质不过是一群流氓：始乱终弃的公爵托茨基，垂涎美色的将军，准备拿十万卢布购买她的商人罗果静，还有为金钱与权势娶她的将军秘书加涅契卡·伊伏尔庚。

人不是商品，不能买卖，但这群代表了上流社会、军界、商界与平民的社会"精英"毫不惭愧地把一个自由人像物品一样拍卖。美成了商品。陀思妥耶夫斯基不愧是心理学大师，他在最"屈辱"的地方表现了人的骄傲。

娜斯塔西亚的美混合着善良、骄傲、叛逆，这一切品质都在她的生日宴会上淋漓尽致地表现了出来。这是最具有陀氏特质的表现方法：把人放在最屈辱的位置，来展现灵魂的全部力量与美。在娜斯塔西亚的生日宴会上，她先是做了一个小游戏：每个人说一件干过的最坏的事情。她的本意是给公爵一个忏悔的机会。当轮到公爵时，所有人把目光对准了娜斯塔西亚。但公爵面对着自己的受害者，体面、无伤尊严地说了一件无伤大雅的上流社会的风流韵事。托茨基的故事给娜斯塔西亚带来了新的伤害。虽然娜斯塔西亚外表柔弱，内心却非常坚强。她带着憎恨和轻蔑，漫不经心地说了一句："小游戏太乏味！"这是对虚伪的托茨基之流高傲的轻蔑！上流社会尽力要把这件蹂躏女性、玷污美的丑事粉饰得合乎正统，而娜斯塔西亚不惜牺牲自己，也要撕下这些伪君子的面纱！她训斥"未婚夫"：

你要是知道差不多在你定婚的前夜，他（将军）送我一串珍珠，我也收了下来，难道你还能娶我吗？至于罗果静呢？他在你的家里，当着你的母亲和妹妹的面拍卖我，可是你到底还是跑来向我求婚，差点还要带妹妹一起来！罗果静说你为了三个卢布肯一直爬到华西里岛，难道是实话吗？

"会爬的。"罗果静忽然轻声说，但露出非常确信的神气。

如果你要饿死，那还情有可原，可是人家说你得的薪水并不少呢！再加上你除了受到耻辱以外，还要把一个你所仇恨的妻子带到家里去！（因为你仇恨我，我是知道的！）我现在相信，这样的人会为了金钱而去杀人的！现在大家都被贪欲迷醉了，尽想着钱，想得都傻了。……

娜斯塔西亚复仇反叛的顶峰,是把罗果静购买她的十万卢布扔到火炉里。她允许“未婚夫”从火中攫取十万卢布,只要等到火一包围住这包钞票,整整十万卢布就是他的!这个嗜财如命、一心想出人头地的男人眼看着火焰越来越逼近那笔钱,咬牙忍住自己贪婪的欲望,在欲望与自尊之间纠结,强忍住不扑到火里去抢那些钱,然后“咕咚”一声晕倒在地上——陀氏用了与写娜斯塔西亚屈辱和高傲的同样的手法来表现这个污浊的灵魂。一个爱财如命的人在晕倒的那一刻,他的贪婪暴露无遗。

娜斯塔西亚以烧钱的举动来反抗那些把她当商品一样买卖的所谓体面人物,同时也粉碎了公爵、将军以及将军秘书的阴谋!金钱、权势,她视之如粪土。她跟着罗果静走了,她以自我毁灭的方式自我拍卖,以反抗上流社会对她的凌辱。

在这个夜晚,娜斯塔西亚的命运发生逆转,也是她性情突变的夜晚。在此之前,她是一个看起来非常沉静、低调、不想引人注意的女性。她虽然是公爵的情妇,但从不向他索取任何东西。平日里她喜欢看书、听音乐,生活简朴。但她在这一夜晚的绽放,让人看到了她身上的高傲、叛逆、勇气和魄力。这个无依无靠的孤女以一己之力反抗整个社会的不公不义,把命运掌握在自己的手里,哪怕这是一个最糟糕的命运。

从心理学角度来说，人的内心都有一个本质的命令，或者对于自己的人生要实现一个什么样的自我，都有一个明确的目标。坦荡、质朴的娜斯塔西亚，虚伪就是她的毒药。虚伪地过体面的生活，暗地里应酬那些体面人物，她宁愿自我毁灭！所以她押上自己的一生，从中展示了自己的高傲与叛逆。

《罪与罚》中的杜尼娅，她的命运没有娜斯塔西亚曲折，但同样是一个外表柔弱而内心强大的女性。无论环境多么险恶，无论多么贫穷，她都坚守着女性的尊严与贞洁，真正做到了坚贞不屈。地主斯维德里盖洛夫为了得到她，费尽心机，最终却不得不叹服。用他的话说，杜尼娅是一个精神无比强大的殉难者：

> 无疑她一定会是那些忍受殉难之苦的人们当中的一个，而且，当然啦，用烧红的火钳烫她胸脯的时候，她也会面带笑容。她会自己故意去受这样的痛苦；而在四世纪或五世纪的时候，她就会到埃及的沙漠里去，在那里住上三十年，靠草根、狂热和幻想生活。

如果说高傲、叛逆是娜斯塔西亚主要的性格特征，那么精神洁癖是杜尼娅的主要特征。

当地主斯维德里盖洛夫用她的哥哥拉斯科尔尼柯夫的杀人隐私来要挟杜尼娅就范时，杜尼娅不惜开枪捍卫自己。斯维德里盖洛夫是一个有钱的鳏夫，准备带着杜尼娅及其母亲与哥哥一起逃到国外。这样，拉斯科尔尼柯夫就可以避免今后服苦役的命运，而杜尼娅与母亲的后半生也有了依靠。从现实的层面来说，这是一桩很好的婚姻。但在精神的层面上，斯维德里盖洛夫是一个魔鬼，没有灵魂，他谋杀了自己的妻子，然后拿着她的钱来彼得堡逍遥。他不受任何道德约束、良心谴责，可以说是一个真正为所欲为的人。他身上唯一表现出来的人性就是：还能够欣赏真正的女性美——杜尼娅这样外在与内在都同样美的女性。

所以，虽然杜尼娅非常关心哥哥，甚至可以为他牺牲自己，但她无法接受魔鬼的交易，正像娜斯塔西亚无法接受别人为她安排的体面的婚姻。哪怕在现实中受再多的苦难，她们也不愿牺牲自己的自由和尊严。把自由与尊严看得高于一切，是精神洁癖的主要特征。

法国人把脱离自己的生活而去过想象中的另一种生活的，或跳出自己的身份去成为他们自以为或他们愿意成为的人，称之为“包法利性格”。[①] 而中国有一个词叫“务实”，是现实生活中很多人在抉择时遵守的原则。如《红楼梦》中的薛宝钗就是这样一个“务实者”，所以，她在大观园中与任何人都相处得融洽。生活中，理想与现实总是有着一定的距离。堂吉诃德因为活在理想中而处处碰壁，务

① [法]安德烈·纪德著，余中先译：《关于陀思妥耶夫斯基的六次讲座》，广西师范大学出版社2006年版，第84页。

实者桑丘·潘沙却养得又圆又肥。娜斯塔西亚一类人，似乎总是站在“务实者”的反面；同时，她们也站在了“包法利性格”的反面。“包法利性格”的内驱动是虚荣，是竭尽全力地往上爬。而娜斯塔西亚们宁愿放弃现实利益，也要守住精神上的自由、尊严、高傲。她们是那个专制高压时代“人性尊严的守望者”。

二、坚忍的牺牲者

《罪与罚》中的索尼娅是陀思妥耶夫斯基笔下另一类女性形象——坚忍的牺牲者的代表，也是作家宗教道德理想的典范。陀氏笔下的男性主人公在探索之路上迷失自我时，就是索尼娅们充当他们灵魂的指路人。

正如屈辱是娜斯塔西亚们展示高傲的心理动机，苦难则是上述坚忍的牺牲者信仰的心灵养料。陀思妥耶夫斯基是一个苦难的崇拜者。他把自己笔下最可爱、最可敬的人都安排在社会的底层，让她们无一例外地生活在水深火热之中。这些弱女子背负着男人都难以承受的重担，索尼娅是其中最有代表性的。这个几乎还未成年的女子，她的父亲是一个失业的酒鬼，继母患有肺病和歇斯底里症。她并无一技之长，只能在街头做妓女来维持一家人的生存，被生活剥夺到一无所有。当她刚刚失去唯一的亲人——父亲时，在父亲的丧宴上，她又遭受别人的羞辱，律师卢仁更是设计陷害她，在她身上偷偷塞了一百卢布后，到丧宴上指证她是贼。社会地位的悬殊使索尼娅几乎无力辩驳，幸亏此事有目击者亲眼识穿卢仁的阴谋，他才没有得逞。在索尼娅几乎痛苦到极点的时候，拉斯科尔尼柯夫由于无法独自承受杀人后的心理压力，来到她这里，向她坦白一切：

“您，您究竟对自己做了什么啊！”她绝望地说，然后又跳起身来，扑过去搂住他的脖子，用双手紧紧地、紧紧地搂着他。

……

“现在全世界没有、没有一个人比你更不幸了！”她没有听见他说什么，发狂似地叫道。忽然，她歇斯底里地放声痛哭起来。

一种生疏已久的感情像潮水般涌上他的心头，使他的心一下子软化了。他没有去抗拒这种感情：两滴泪水从他的眼里流了出来，挂在睫毛上。

“那么，你不会离开我吗？索尼娅？”他说，几乎是抱着希望似地望着她。

“不，不，永远也不离开你，无论在哪儿，我也不离开你！”索尼娅叫道，“我要跟你到天涯海角——”

陀氏的作品中总有一类人是基督的代言者，索尼娅就是其中的一个代表。她们在苦难中坚持信仰，她们的苦难令信仰光辉，信仰令苦难升华。她们明明是生活在最底层，却成了拯救者。让我们看看索尼娅的苦难与信仰:她在自己最痛苦的时候,对别人的痛苦感同身受。而且,拉斯科尔尼柯夫之"罪",在她这里,只是"不幸",她的情感是怜悯而不是愤怒。这是典型的基督情怀或者说是圣母情怀,永远不谴责,永远怀着悲悯。虽然这个人杀死了她唯一的朋友。索尼娅的悲悯立刻在拉斯科尔尼柯夫这个法律大学生身上产生了效果,他的心软了,因此流下了热泪。在此之前,他与人群疏离,甚至与自己的母亲、妹妹都无法交流。这正是拉斯科尔尼柯夫人性回归的开始。

如果说这些女性的苦难指证着社会的不公,那么她们是绝不谴责的。与她们弱小的身躯相比,她们的心灵具有无限能量,可以承受一切、担当一切、拯救一切。她们是道义上的强者、灵魂的雕塑师。

当拉斯科尔尼柯夫还在强者理论与人性之间矛盾挣扎时,索尼娅给他指出了唯一一条灵魂得救之路:

> "怎么办!"她喊了一声,突然霍地站起来,在这以前一直泪水盈眶的眼睛突然发出了光芒。"你起来!(她抓住他的肩膀;他欠起身来,几乎是惊讶地看着她。)现在,立刻就去,站到十字路口,跪下,首先吻一吻被你玷污的大地,然后向全世界,向四面八方叩拜,高声对大家说:'我杀了人!'那么上帝就又会把生命赐给你。你去吗?去吗?"她问他,像发病一样,浑身发抖,抓住他的双手,紧紧攥在自己手里,用火一般的

目光直瞅着他。

拉斯科尔尼柯夫最终是在索尼娅的引领下在广场上当众忏悔,然后去警局自首。小说的结局,索尼娅陪同拉斯科尔尼柯夫到西伯利亚服苦役,并帮助他在宗教信仰中找到了灵魂救赎之路。

谦卑与救赎是索尼娅形象的另一特质。正如苦难与信仰互相照耀,谦卑与救赎也相互支撑。

在小说的结尾,作者几乎是很明白地指出索尼娅这类形象的精神特质,她们的精神原型就是圣母。在西伯利亚,索尼娅为犯人们服务,为他们缝补衣服,传递书信。犯人都喜欢并尊敬她,称她“妈妈”:

> “妈妈,索菲娅·谢苗诺芙娜,你是我们的母亲,温柔的、最可爱的母亲!”这些粗野的、脸上刺了字的苦役犯人对这个瘦小的女人说。她总是微笑着鞠躬还礼,大家都喜欢她对他们微笑。他们甚至喜欢她走路的姿态,总是回过头来目送着她,看她走路的样子,并且赞美她;甚至为了她是那么瘦小而赞美她,甚至不知道该赞美她什么才好。他们生了病,甚至去找她给他们治病。

因为谦卑,索尼娅与底层的苦难者之间没有任何距离,她是他们中的一员;因为谦卑,她不会推拒任何想在她那里得到安慰与温暖的人;因为谦卑,对于甚至骇人听闻的罪行,她不是忙着谴责,而是立即着手拯救。在动荡时期,尤其是社会道德系统处于崩溃的年代,这样美好的女性犹如汪洋中小船上的铁锚,或者暗夜中引领船只归航的灯塔。她们的美德在社会生活中产生的效应不是加法,而是像熵,像系数那样,是有联动效应的。

在19世纪的俄国,就是这样的女性,她们仿佛圣母在世,虽然自己身处苦难,却敢于担起社会道义的重担,挽狂澜于既倒。

总之,在陀思妥耶夫斯基所塑造的灵魂拯救者中,索尼娅是最有血有肉的一个。

三、骄傲与罪同质,谦卑意味着救赎

娜斯塔西亚与索尼娅代表了陀思妥耶夫斯基笔下两类典型的女性形象,都是作者用饱含同情的笔墨所描绘的“被侮辱与被损害的”一群。但她们的命运是截然不同的:一个被毁灭,一个救人并自救。导致这种不同结局的,固然有客观与社会的原因,但最重要的,是人物的性格因素。与莎士比亚笔下的悲剧人物一样,娜斯塔西亚毁于自己的性格,毁于自己的骄傲。正如哈姆莱特死于犹疑不决,奥瑟罗死于妒嫉和轻信,李尔王则是由于过分刚愎自用,喜欢阿谀奉承,导致自己亲近小人,远离君子,从而酿成悲剧。欧洲悲剧从古希腊的命运悲剧到文艺复兴时期的性格悲剧,除伴随科学发展、社会进步之外,也昭示着欧洲文化对人性的理解一步步走向深入。

作为一个孤女，娜斯塔西亚从养女到情妇的命运，不是她自己可以掌控的，但那只是她的过去。如果她是一个平庸的女子，那么可以说在不幸的少女时代过后，命运给她安排了一出“平民喜剧”，做一个看起来有出息的将军秘书的妻子，暗地里充当将军的情妇。这本是福楼拜《包法利夫人》中的爱玛所向往的上流社会生活，但娜斯塔西亚的意志要把这出似乎可以皆大欢喜的喜剧变成一出悲剧。她宁愿毁灭也不能接受屈辱的买卖，高傲与叛逆是成就她悲剧的性格因素。当然，在这出悲剧中，也突出暴露了社会现实的罪恶。

应该说，在塑造索尼娅这一形象上，陀思妥耶夫斯基多多少少是脱离了现实主义的。现实中的索尼娅们是很难摆脱悲剧的命运的。以她妓女的身份，加上她的善良、她的虔诚，都无法拯救她。与父亲一样，她同样会感到无路可走。在卢仁与斯维德里盖洛夫之流当道的现实面前，索尼娅就是拉斯科尔尼柯夫所说的那种“温驯的羔羊”，只有被任人宰割的命运。

虽然索尼娅是陀思妥耶夫斯基笔下救赎人物中最有血有肉、最有生命力的一个，但在小说的结尾，作者很明显是过于乐观地给女主人公一个美好的结局：让索尼娅摆脱了妓女身份，而且得到了周围人的尊重与称赞——当然是在一群苦役犯当中。

索尼娅们与苦难同在，是信仰的化身，又是悲悯的拯救者。三者如同索尼娅形象的三个方面。但这三者的中心，是她的谦卑。谦卑是她得救的根源。在陀氏这里，杀人未必是犯罪，但骄傲一定是“犯罪”。娜斯塔西亚的骄傲阻碍了她的得救，虽然与索尼娅相比，她有更多得救的机会。而索尼娅的谦卑与信仰与俄国人民有着水乳交融的关系。苦难锤炼她的灵魂，虔诚升华她的心灵，拯救提升她的自我。

陀思妥耶夫斯基创作中的潜意识、集体无意识与社会性格

19 世纪的一般评论者对于陀思妥耶夫斯基能否归于现实主义作家的行列是有异议的。因为陀氏的作品与一般现实主义作品存在很大的差异。现实主义文学是按古希腊柏拉图和亚里士多德的理论即文学艺术是“模仿”现实的路子走下来的,客观现实是文学艺术反映(模仿)的对象。但陀氏作品的反映对象主要不是客观现实,而是人物的主观心理。面对“不客观”的指责,陀氏回答说:我的作品属于心理写实主义。

一、心理写实主义与潜意识

20 世纪心理学最令人瞩目的成绩就是发现了人的潜意识。这一发现被认为是改变了 20 世纪人类历史的伟大成就。弗洛伊德发现:人的意识除了正常的显性的意识活动外,还有隐性的、潜藏在意识的暗河底下如潜流涌动的潜意识和无意识。潜意识是无意识通往意识的桥梁。显性意识只是人所有意识活动的冰山一角。人的意识的大

部分是以潜意识、无意识的状态存在的。潜意识在日常生活中也并不总是处于“地下”状态，它有时以梦、以日常生活的一些言行状况（错误）显示自己的存在。

比弗洛伊德早几十年，陀思妥耶夫斯基就在他的《罪与罚》、《卡拉马佐夫兄弟》等作品中揭示了人的潜意识。他描写了在遭受重大刺激等情况下，人的理性意识不能完全控制自我，潜意识会跑出来“表演”。

比如《罪与罚》中拉斯科尔尼柯夫在杀人后，按照理性的思维逻辑，他应该远离杀人现场，但杀人后剧烈的精神刺激，让拉斯科尔尼柯夫居然鬼使神差地跑回了犯罪现场。他杀人后的梦境更是通过潜意识展现了他的思维暗河。如梦中他一再举起斧头，却无法杀死放高利贷的老太婆，老太婆朝他狞笑。这一梦境显示的是这位大学生对自己杀人后心理感受的否定，他是根据自己的“超人”理论杀人的。按照他的超人理论，超人活在世上负有神圣的使命，他们有权利越过一般的伦理、法则，可以牺牲一般的“庸众”，因为一般的庸众就是为了被超人利用而存在的。就像拿破仑，为了自己的个人野心，让千千万万的人充当炮灰。所以，根据这个理论，超人杀掉一个放高利贷的老太婆，应该不会良心不安，更不会有罪恶感。而拉斯科尔尼柯夫杀人后，身体病倒，心理崩溃。虽然他还不肯承认自己的失败，但是潜意识已经告诉他：他的试验失败了！他不是超人，他只是千千万万庸众中的一个。杀人后，他的理性瘫痪，无法清醒地认识自我。但他的梦境——潜意识向他揭示了这个残酷的事实！再如《卡拉马佐夫兄弟》中,伊凡·卡拉马佐夫在明显感觉到斯美尔佳科夫有促成长兄弑父的意图后,不但没有阻止,还暗示自己要离家几天,也就是家中只留下父亲一人,这是伊凡的潜意识在鼓励弑父。

潜意识的发现在很大程度上改变了人们对“人”的类概念的认识。人不再是古希腊神话中众神创造并赋予灵魂与智慧的神的“宠儿”,也不再是人文主义者嘴里的“宇宙的精华、万物的灵长”,更不是启蒙主义者和德国古典哲学家心目中的理性至上的人类。潜意识和无意识撕下了人类理性的面纱,揭开了人类非理性的一面、动物的一面。那些潜藏在我们的梦里、躲在我们的“白日神游”中以及存在于我们莫名其妙的许多细微动作、行为中的潜意识,许多人可能意识不到它们的存在,还有的人把它们当做瞬间“撞邪”,其实那里或许有我们生命最本质的东西,有我们生命最本能的呼喊。那些被道德与习俗禁忌与压抑的情感,那些童年的苦闷与恐惧,它们要求释放,要求满足！如果人以自己的“理性”自豪,无视这些本能的呼喊,过度压抑它们,那么它们是完全有能力反抗的,有能力颠覆人用理性建立的“外部自我”。那时,潜意识不再满足于“梦幻”这种温柔的方式,它们要强烈得多,也可怕得多！它们会以“神经质”甚至“神经病”的方式出现。看看拉斯科尔尼柯夫在杀人后的错乱,就是理性失败的最好范例。

陀思妥耶夫斯基虽然没有在理论上阐述潜意识,但他天才地描述了潜意识的一系列表现,发现了它们自我表现的重要途径:梦、下意识行为,发现了本能被严重压抑后人的混乱状况。陀氏用出色的心理写实主义的笔触揭示了控制人的潜意识的不是人的理性,而是人的本能,人们想成为本能希望他们成为的样子!就像拉斯科尔尼柯夫与伊凡,透过他们的超人理论,能看到他们在本能方面是控制欲特别强的人。虽然他们用各种理论来伪装自己,赋予行为种种冠冕堂皇的借口,但当他们的控制欲无法得到满足并被严重挫伤时,他们的理性就退居幕后了,潜意识开始登台亮相并表演。

二、心中的"魔鬼"——潜意识与两重人格

《卡拉马佐夫兄弟》是陀氏一生创作的集大成之作。小说中的伊凡·卡拉马佐夫是反叛主人公系列的一个集大成者。在《罪与罚》等作品中,拉斯科尔尼柯夫等人心中的邪恶尚未上升到人格层面,只是通过超人理论把自己装扮成人类的拯救者,在无意识中把恶伪装成了善,潜意识行为还处在噩梦、无意识行为、纠结、内心冲突等层面。在《卡拉马佐夫兄弟》中,伊凡内心的邪恶已经具有人格层面的特征,"他"有了自己的形象:一个破落地主,一个过着寄生虫般生活的食客。"他"有自己的声音。"他"经常跳出来与伊凡的理性意识及善良意愿作战,嘲笑他的善良,瓦解他的意志,指责他的自相矛盾。"他"是伊凡心中的"魔鬼",是伊凡灵魂中"自私自利"、"冷酷无情"、"自高自大"

人格面相的集合体。陀氏用噩梦、幻觉等形式挖掘了伊凡潜意识中的“恶魔”。“他”有着农奴制度养成的腐朽寄生性，也显示出西方个人主义思潮影响下俄国资产阶级年轻一代的冷酷自私，认为个人自由、个人权利、个性自我具有至高无上的价值。从这个意义上说，潜意识既有民族性，也有世界性，具有相当丰厚深刻的历史文化内涵。

在世界文学中，还没有一个作家对人性潜意识层面的挖掘达到如此的深度。即使在弗洛伊德以后，在潜意识、无意识作为专门的心理现象进行研究以后，甚至在专门描写人的“没有形成语言层面的意识”为对象的意识流小说中，也没有达到如此深刻的程度。在《卡拉马佐夫兄弟》第四部第二卷第九节的《魔鬼，伊凡·费奥多罗维奇的噩梦》里，作者用了一节的篇幅专门写伊凡与恶魔的对话。这节对话是世界文学中关于人类灵魂最深处的探索，也是人类潜意识的最形象的揭示。陀氏利用“恶魔”的形象，把笔触深入到人类意识暗河的最深处，把它的深奥、复杂、光怪陆离充分地显现出来。20 世纪著名的德国作家海塞称这是一个“极为奇异的章节”，他在《陀思妥耶夫斯基的上帝》一书中形象地解释道：

> 这个魔鬼其实就是伊凡的无意识，是他内心早已淹没和似乎遗忘的而现在又被唤醒的东西。伊凡并非无知，他异常肯定地意识到这种无意识的东西，并把它清楚地表达出来。尽管如此，他仍然在与魔鬼交

谈，仍然相信魔鬼，因为凡在内者皆除外！他对魔鬼发怒，攻击他，甚至向他掷玻璃杯。伊凡知道，魔鬼就隐藏在他的身内。也许没有一部作品竟能如此清晰、如此生动地描写一个人与自己的无意识进行的交谈。

伊凡心中那个破落地主、那个魔鬼，正是他心理最阴暗的那部分。他具有《圣经》中魔鬼撒旦的特征：人性的引诱者；也具有心理学的意味：那是生命的本能在呼喊；更在某种程度上是俄罗斯文化与欧洲文化交融碰撞产生的某些特质的缩影。伊凡指出魔鬼喜欢浪漫主义，显示他与欧洲文化的影响有关。所以，在陀氏这里，不仅意识是多层次的，就连心灵的“阴暗面”也是多重的。本能受到压抑，就会造成潜意识活跃，而潜意识过度活跃，就会造成人格分裂。这就是陀思妥耶夫斯基心理写实主义的成就，它比相关医学更早地发现、更形象地揭示出人性深处的秘密。

三、个性自我之罪孽深重——俄罗斯民族的集体无意识

人的某些意识之所以只能是潜在的，看起来是个体自身的心理活动，是因为潜意识的形成与社会的意识形态关系密切。在俄国专制文化体系中，主流的价值体系是集结主义、极权主义的。它对个体品格的要求是顺从、忍耐，它以国家民族的名义培养牺牲、奉献的集体主义精神，它以上帝的名义要求虔诚、信仰。而随着农奴制的废除与资本

主义生产关系的入侵,俄国人的主体自我觉醒了。正如安娜高喊:我是人,我要爱情,我要生活!觉醒的俄国民众要求自由、平等,要求个人权益,不愿再做专制王朝下的顺民。但在19世纪中后期俄国高压政治体系中,这样的要求又是非常危险的。如此,它只能以“罪”的方式投射到人们的心理当中。陀氏是时代的代表,他曾多次表现出怀疑的精神,他一生都无法放下“个人主义”、“个性的自由与解放”的幻想。《卡拉马佐夫兄弟》中伊凡幻想的“人类的黄金时代”,人类普遍的和谐与自由的状态,正是陀氏自己对人性美好未来的向往。

由于俄罗斯民族文化集结主义与极权主义的特质,陀氏的创作一直带着负罪感来描述个性觉醒,或者说是把个人主义罪恶化。《罪与罚》中,拉斯科尔尼柯夫的杀人是为了向“超人”跨越,膨胀的个人主义把他带向犯罪之路;《双重人格》中,高德略金觉醒的个性自我导致自己人格分裂;《卡拉马佐夫兄弟》中,伊凡的个人主义直接演变成为所欲为,潜在地教唆斯美尔佳科夫杀人;而地下室主人公的痛苦、变态,则是由于个人尊严受辱,个人的自尊自大心理没有得到满足。几乎所有的个人主义者都成了“罪人”,这在陀氏的创作中绝不是偶然的。

如果说作家笔下的人物在某种程度上是一种自我写照,那么在陀氏笔下的所有人物中,与他关系最近的,恐怕是这些个人主义“罪人”。我们从巴纳耶娃的回忆录里了解到,陀氏在出入别林斯基的小团体时,经常表现出易激动和神经质的个性。据说有一次因见到一位漂亮的女主人(应该就是巴纳耶娃),陀思妥耶夫斯基竟然当场晕倒。陀氏的言行很容易让人联想到“地下室人”。至于拉斯科尔尼柯夫与伊凡杀坏人济好人的理论,与陀氏参加彼得拉舍夫斯基小组的革命经历在精神上有某种内在联系,也是毋庸置疑的。

年轻时代的理想变成中年以后的罪孽。中转机制主要是专制政府的死刑与苦役。存在决定意识,苦役没有进一步激起反抗,而是把一个反抗者变为与政府意识趋同者,这其中显露出俄罗斯文化之特质与端倪。当政府的专制高压普泛化为社会意识,等于在战争中使用攻击力强的尖端武器,个体投降,机体亦被侵蚀,并发生异化,演变成某种与压迫机制同质的东西。这种向压迫机制同质演变的过程,正是19世纪俄罗斯文化中的一种集体无意识。

把个性的自我觉醒罪孽化,在19世纪俄国作家中并非偶然现象。托尔斯泰就认为,俄国人宁愿一起下地狱,而不愿个人独自升天堂。《安娜·卡列尼娜》中的安娜、列文与拉斯科尔尼柯夫一样,带有强烈的个性自我觉醒的特质。安娜追求爱情的自由,列文追问生命的意义。但最终安娜以自杀结束生命,列文在经历精神危机后,回归传统,接受生命的本质是爱,是为上帝活着,而不是为自我而活。当列文发展到《复活》中的聂赫留多夫时,为自己活就会堕落为“动物”。

对于个人主义的恐惧，不仅是因为专制制度要粉碎一切个人主义价值观念，更重要的是俄罗斯文化的集结性，在精神上表现为集体主义倾向。与近代西方文化强调竞争、突出个体不同，俄罗斯文化倾向于联结，它具有真正的基督教精神——众生平等，皆为兄弟姊妹。19 世纪末期俄国文化中的“民粹主义”、“无政府主义”因子都在某种程度上折射出这一文化特质。

19 世纪俄国斯拉夫派创始人伊凡·基列耶夫斯基创立了宗教人类学，依据这一人类学，“每一个人的独特性都能够在全部其他‘独特者’的交响和谐中实现，据教父们的说法就是，圣体实现了‘兄弟的圣事’”①。霍米亚科夫则这样解释这一思想：真理只向全然“基督化的”、因而也是“集体化的”人显现，在这样的人身上，一切被促发出来并推进独立的能力都被整合进入一种神——人的唯一视野中。

霍米亚科夫是斯拉夫派的精神领袖。他和基列耶夫斯基把帕斯卡尔等人的哲学发展成一种斯拉夫主义认识论。他们强调为了认识活生生的现实，主体应该凭借爱与同情进入客体，让客体进入自身之中，以获取一种生活—知识。直接把握物自身，这是现实依据存在的内在统一性和普遍的共体性的展开。后来者用更为精练的语言概括

① [俄]叶夫多基莫夫著，杨德友译：《俄罗斯思想中的基督》，学林出版社 1999 年版，第 57 页。

为“所有的一切都互为内在”①。

信仰上的集体主义与认识论上的万物互相关联，形成俄国人独特的意识与行为方式：他们不习惯以个体面对世界。即使当他们独处时，也是感觉与上帝在一起，与万物在一起，由此奠定俄罗斯民族的某种神性。但在现实生活中，人毕竟还是要经常独自行动，这时，他们往往会游移、胆怯。所以，罗亭并不仅仅是某个时期、某个阶层俄国人的形象写照，更是一种俄国人精神存在的反映。

集结性、精神集体主义，在俄国已经成为一种集体无意识，这也使得俄国人的生存状况呈现出这样的特质：一个不属于任何团体的俄国人，特别容易在精神上迷失自我，比如酗酒、打架、自暴自弃，把现世生活变成自己的地狱；而当俄国人属于某一个团体时，他们的合作意识、献身精神，则是其他某些民主社会所无法比拟的。

---

① [俄]叶夫多基莫夫著，杨德友译：《俄罗斯思想中的基督》，学林出版社 1999 年版，第 62 页。

19世纪俄罗斯文学中的“理性”与“反理性”

一、欧洲的“理性”源头

西方的“理性”源于古希腊哲学与城邦政治。古希腊哲学三贤苏格拉底对事物本质的追问、柏拉图抛弃事物形相或者表象直达理念的思维方式、亚里士多德对于事物的普遍形式的概括，使得西方哲学从源头上走的就是理性的、形而上的道路，处在现实的、表象的对立面。

不管是古希腊哲学对于世界本质的追问，还是古希腊城邦政治对于社会的管理，古希腊的理性是建立在个体的独立思考及个体的才华之上的。近代，哲学之父笛卡尔把理性放在感官经验的对立面，以理性排斥经验；启蒙时期，理性更成为一切事物存在的最高标准；德国古典哲学时期，无论是康德，还是黑格尔，都认为世界是围绕着一个理性目的在运动。

这种形而上的理性，在欧洲不同的时代，演变为不同的现实诉求。人文主义者的理性，体现在对知识的热爱、真理的追求中，他们用科学来冲破宗教愚昧，以人文知识、自然知识与神学堡垒抗衡，提倡幸福就在现世人间，肯定人有追求幸福的权利。人文理性与宗教愚昧相对，是与基督教所提倡的原罪等观念相抗衡的。

之后的古典主义也把理性作为他们的旗帜。古典主义的立法师布瓦洛提出把理性作为文学创作的出发点、文学评论的立足点，理性是至高无上的法则。古典主义的理性总是与道德情操联系在一起，它更偏向伦理价值，可以说是伦理理性，也可以说是一种工具理性。其实，这种理性精神与推崇道德至上的中国文化很亲和，而因为它关涉人的爱欲情仇、日常的职责规范，所以更具有实践性。

启蒙理性关系到人们对世界的认识问题。经历了文艺复兴与宗教改革，经历了科学大发展与地理大发现，欧洲的精英阶层已形成了科学的宇宙观与人生观。但在当时的宗教和社会生活中，从宗教和国家权威那里传播的许多观念一旦诉诸理性便土崩瓦解。大部分民众仍受传统基督教神学宇宙观与人生观的影响，活在愚昧与迷信之中。启蒙主义者就是要用科学知识来启发民众、教育民众、唤醒民众。启蒙主义者主张一切都要在理性的天平上称量，一切必须经得起论证，经得住实践。启蒙主义的理性是一种科学理性。

经历了法国大革命后，欧洲对于形而上理性的痴迷开始退潮，开始了对理性的反思与质疑。

形而上的理性之思维特点是一元的，这种一元的理性思维寻找一个形而上的世界本质或者世界目的。这个理性听起来似乎可以实现人类的理想社会,但在现实中,它往往成为压抑人性、束缚人性的工具。在世界的本质面前,任何个人都是微不足道的。为了实现世界的终极理想,任何牺牲都是值得的。而且一旦实现终极理想,人类的一切问题都会迎刃而解。但这种理性一旦被滥用,就极易演变成以自己或集团的未来为目的,以利用他人为手段,使人的解放变成人的奴役。这一理性经过法国大革命,令人看到了它的可怕之处,欧洲人对于理性的迷狂消解了许多。法国大革命以后的高压恐怖政治,正是这一理性的畸形产儿。

当然,欧洲还有另一种理性,就是英国的经验理性,它是建立在洛克经验主义哲学的基础之上的。经验主义认为,并没有一个终极和谐的世界目的,理性的认识也是有限的,不同的真理之间可能互相冲突,人只能因时因地在不同的真理之间加以选择和转换,所以,经验理性一般不谈形而上的问题,也不追求终极价值和目的,而是从事实和常识出发,把幸福作为自由的基础,奉行快乐即善。同时,经验主义强调人的自主性,并注重其与社会之间的均衡与制约。

从总体来看,19 世纪俄罗斯文学中的理性精神更接近形而上的理性。

二、"理性"——平民知识分子的武器

19世纪俄罗斯文学的奠基者是普希金，他不仅是19世纪俄罗斯浪漫主义文学的代表，也是自然派的奠基人之一。19世纪俄罗斯文学写"多余人"、小人物等的传统就是由普希金奠定的，他被称为俄罗斯文学的"太阳"、"俄罗斯文学之父"。确实，19世纪的俄国作家几乎都曾沐浴过普希金的光芒。

普希金是一个开创者。这位文学巨人亦有自己的传承。伏尔泰、歌德的影响有迹可循，但在精神上最契合的，当推拜伦。普希金歌颂西伯利亚矿井中十二月党人骄傲的忍耐，期待牢狱的崩塌。普希金在《自由颂》中宣称：

> 要想看到帝王的头上
> 没有人民的痛苦压积
> 那只有当神圣的自由
> 和强大的法理结合在一起

很明显，普希金是自然与自由的歌者，是浪漫主义在俄国的传承人。

浪漫主义是欧洲的一股反理性的思潮。普希金明显受到这一反理性思潮的影响，虽然他可能并未自觉。他的《驿站长》奠定了俄罗斯文学感性人道主义传统；"多余人"则只寻求心灵港湾与精神自由，而不顾现实，不注重物

质利益。普希金的影响奠定了19世纪俄罗斯文学的浪漫主义色彩。

别林斯基是19世纪中期俄罗斯文学界的精神领袖。他的文学批评是这一时期俄罗斯文学的旗帜与号角，他的思想被时人奉为圭臬。他提倡一种理性精神："人的爱情之所以高出于动物的爱情，其原因在于人具有理性，理性通过精神来照亮肉体的、感官的东西，而这精神便是普遍事物。"①对于自己的祖国，不能不爱，但是"必须不是因陋就简的自满……是迫切要求改进的愿望；总之，对于祖国的爱必须同时也是对于人类的爱"②。别林斯基的理性受欧洲启蒙理性影响较大。他的理性具有明显的启蒙特质。

19世纪自然科学十分发达，这是科学与理性的胜利。到了19世纪四五十年代，新崛起的平民知识分子以科学、理性作为自己最高的甚至是唯一的价值尺度，把不符合这一尺度的精神观念统统摒弃。屠格涅夫在《父与子》中塑造的巴扎洛夫代表了这一现实中新的革新力量。他崇尚科学与实干，厌恶贵族阶级的所谓趣味与空谈。这一形象喻示着俄国知识阶层对俄罗斯文化走向与社会问题的反思：巴扎洛夫是第一个从"多余人"的行列中独立出来的行动者。这一形象也预示着19世纪俄国革命从贵族革命转向平民革命。

---

①《别林斯基选集》第2卷，上海译文出版社1979年版，第456页。

②《别林斯基选集》第2卷，上海译文出版社1979年版，第456页。

巴扎洛夫所体现的理性精神已经与别林斯基所提倡的理性精神不同，他轻视感情，蔑视艺术，与人相处，理性得几乎没有温度，冷漠到几乎冷酷。他崇尚科学，热衷实验，追求一种冷静得如医用手术刀一样的人生：没有多余的废话，没有繁文缛节，没有感情温度，但锐利、实用。从别林斯基到巴扎洛夫，俄罗斯的理性已经从人文理性发展到工具理性。

平民知识分子对理性的执着显示出19世纪俄罗斯文化对于理性的矛盾态度。俄罗斯文化是世界文化中最感性、最浪漫的文化之一。但在19世纪，俄国人并不为这些文化特点感到自豪，而是经常自卑地反思自己的文化缺陷。他们对于德国人看法态度的不同揭示出他们对待理性的矛盾态度。在俄国人看来，德国人是没有感情的，时时事事以利益为重，吝啬小气到锱铢必较的地步。俄国人一方面嘲笑这样的行事方式，一方面却又对这样的人生态度有几分尊重。这从陀思妥耶夫斯基等人对德国的痛恨和屠格涅夫等人对德国文明的尊重中能够体现出来。为此，陀思妥耶夫斯基与屠格涅夫争吵过，甚至反目成仇。

俄国人出于自尊心和爱国主义，在欧洲的先进文化面前维护自己的文化。但相比之下，欧洲文化在制度上更先进，在经济文化方面更发达，则是不争的事实。所以，一部分俄国知识分子开始寻求一条学习欧洲、克制本民族文化弱点的革新之路。他们把理性当做祛除民族文化病体的“手术刀”，希望以此克服民族文化中过多的浪漫主义。

继屠格涅夫以后，车尔尼雪夫斯基的《怎么办?》继续探讨平民知识分子的理性生活。当罗普霍夫发现妻子薇拉爱上了朋友吉尔沙诺夫并因此而深感罪恶，朋友也故意与并不爱的女人同居以克制对薇拉的感情时，罗普霍夫并没有妒嫉痛苦，而是决意成全他们。他伪装了自杀现场，然后躲避到国外。多年后，薇拉与吉尔沙诺夫的爱情有了美好结果以后，罗普霍夫才回国，并与薇拉的朋友结婚。罗普霍夫信奉的是合理的利己主义，即：帮助别人，就是帮助自己。这是一种伦理理性。

小说中还塑造了一位属于“未来”的“新人”拉赫美托夫。这个人如饥似渴地学习新知识并付诸实践，为了“主义”、“信仰”，他在物质和精神等方面奉行一系列独特的原则。他从事各种劳动，吃穿简朴，很少休息，从不娱乐。为了磨炼自己的意志，他甚至睡钉子床。当爱情来临的时候，他也抑制住自己的感情。这是一个为民族未来而活着的人，他所有的磨炼与吃苦也是为未来做准备。

拉赫美托夫是一个以理智、意志完全克制了情感、情欲的人。理智与意志在他身上取得了完全的胜利，他成了一个具有钢铁般意志的革命者。

《怎么办?》是车尔尼雪夫斯基对于未来空想社会主义的畅想。对于人伦情感，他的主张其实就是一种理性的生活态度。

三、“理性”——人性免于堕入兽性之途径

年轻时的托尔斯泰是一个相当感性的人，受情欲诱惑，流连色情场所，在社交场合使气斗性，与人争吵甚至决斗，而冲动过后是无尽的悔恨。人都是通过自我体验来观察人性的。托尔斯泰对于人性的结论是：人性中有神性，也有兽性。在《复活》中，他通过聂赫留多夫的故事，揭示出人如果不时时警醒，忏悔自己的罪恶，兽性就会占据上风，人就会变成欲望驱使的动物。聂赫留多夫就是在这种情形下强奸了他的初恋情人玛丝洛娃，由此导致玛丝洛娃悲惨的人生。

在托尔斯泰看来，人性要免于堕入兽性，上升到神性，只能靠理智，靠不断进行的灵魂大扫除。他把理智看做是“统制着人的生命的最高律令”。

> 只在奉行这条律令，为了善而把我们的兽性服从理智的规条的行为中，才存有我们的生命……理智不能被确定，而我们也不必加以确定，因为不独我们都认识它……人所知道的一切，是由理智……而非由信仰……而知道的……只在理智有了表白的时候生命方才开始。惟一真实的生命是理智的生命。

托尔斯泰认为，肉体行为是完全外在于人的。托尔斯泰在使用“理智”一词时，经常把它与“理性”交替使用。

他把理智与爱与善联系起来。他说：理智的活动现象是什么？是爱。“爱是人类唯一有理性的活动，爱是最合理最光明的精神境界。……爱是真实的善，至高的善，能解决人生一切矛盾。”就这样，托尔斯泰在理性、爱、善之间架起一道桥梁。爱是托尔斯泰的救世之道，理性则是人自赎之途径。

如果把托尔斯泰对理性的认识与屠格涅夫笔下的巴扎洛夫相比，会发现两者有很大的不同。信奉理性的巴扎洛夫是完全藐视包括爱情在内的一切人类情感的，虽然他未能免俗地爱上了贵族孀妇奥津左娃并向她表白，这是他唯一一次真情流露。巴扎洛夫视此为自己的软弱，不够理性。这与托尔斯泰把理性与爱画等号是截然相反的。巴扎洛夫的继任者是民主主义革命者，再往后则是列宁等无产阶级革命者。他们都继承了巴扎洛夫、拉赫美托夫们舍弃小我、丢掉感情私欲、以钢铁般意志砸烂旧世界、建设新世界的理性精神。而托尔斯泰理性的最终走向是道德的自我完善。

四、“理性”——人走向人神的跳板

尽管托尔斯泰与屠格涅夫对理性的认识存在很大差别，甚至有些地方是完全对立的，尽管屠格涅夫并不完全赞同自己笔下的巴扎洛夫，但在某些基本点上的认识方面，他们还是一致的。他们都推崇理性，欣赏理性。

真正继承普希金反理性传统的，是陀思妥耶夫斯基。

最能表明陀氏反理性观点的，是他于19世纪60年代与车尔尼雪夫斯基之间的论争。针对车尔尼雪夫斯基基于对理性的乐观而建立起来的“合理的利己主义”，并预言在此基础上可以期待人类普遍和谐时代的到来，陀氏笔下的地下室主人公宣称：人的理性并不可靠。人为了显示自己的存在，可以损害自己的利益。在陀氏的创作中，经常出现以受苦为乐的人。《卡拉马佐夫兄弟》中的丽萨就对阿辽沙说：我愿意受折磨，我不愿成为幸福的人。应该指出，陀氏塑造此类人物并非出于艺术家的空想，而是来源于生活。他的前妻就是这类人物。与理性相比，陀氏更强调苦难的价值。他认为苦难才是人生历练的途径，爱与信仰才是人性升华的必经之路。

最能体现陀氏对于理性的讥讽态度的，是他的短篇小说《鳄鱼》中的德国夫妇。在陀氏的词典里，德国与理性就是同义词。这对德国夫妇在自己的鳄鱼吞下人时，关心的不是人的性命，而是自己的鳄鱼会不会胀破肚皮，并趁此提高票价，发一笔灾难财。他们的理性直接发展到了冷酷。

无疑，在陀思妥耶夫斯基的创作体系中，存在着反叛与信仰的对立，也存在着理性与情感的对立。他的反叛主人公都是理性的，他们清楚地看到了这个世界在上帝以外的规则，并想利用规则，做“人类的恩主”。他们宣称：没有上帝，人自己可以做上帝，像神一样活着。正是在理性的引导下，他们陷入了极端个人主义的泥潭。

《罪与罚》中，与拉斯科尔尼柯夫的理性对立的，是索尼娅的情感，她代表十足的人类之爱。正是爱，使她即使生活在泥潭中，仍保持着纯洁。她爱父亲，爱性情暴躁的继母，爱没有血缘关系的弟妹。她无怨无悔地为他们牺牲。支撑这种爱的就是对基督的信仰。在拉斯科尔尼柯夫个人主义反叛失败后，是索尼娅的爱与信仰拯救了他。爱与信仰也是陀氏给出的人生出路。在布满苦难和罪孽的现实中，这是唯一的出路。

《白痴》中，梅希金公爵面对着自己的情敌、杀死娜斯塔西亚的凶手罗果静，没有一丝仇恨。后者在谵妄中喊叫、狂笑时，公爵极力抚慰他，让他安静下来。这位被称为"白痴"的公爵，在他的生命中，只有情感，只有爱，而没有理性。

最能表现陀氏对理性之蔑视的，是《卡拉马佐夫兄弟》。长兄德米特里荒淫无道，为了钱财，多次扬言要杀掉父亲。但在紧要关头，曾经照管过他的老仆人的一个痛心的眼神，使他感觉到了爱，想起了上帝，从而终止了犯罪。最终，德米特里也是凭借着爱和信仰，灵魂得救，获得新生。而伊凡·卡拉马佐夫则是一个不信上帝的虚无主义者。他以自己的理论鼓励家中的厨师杀掉父亲，虽然他一直谨言慎行，远离各种麻烦，懂得保护自己，总之，是一个非常理性的人。但最终，他必须为弑父之罪遭受良心谴责，从而内心分裂。在德米特里那里，拯救来自爱与信仰；在伊凡那里，毁灭源自理性与虚无主义。

基于陀氏作品的对话体特点，许多论者认为，陀氏在反叛与信仰之间，在理性与情感之间，并没有作出抉择；或者即使作了选择，也是迫于客观情势。显然，这样的评论表明论者没有认识到真正的陀思妥耶夫斯基。陀氏自己曾多次表述过，如果基督存在于真理之外，如果真理与基督不相干，那他宁愿选择与基督而不是与真理在一起。

陀思妥耶夫斯基提出了自由的问题，提出了个体生命在现代社会的价值与意义。梅列日科夫斯基认为他凭此契入了现代性问题。但作为普希金的继承者，陀氏把自由放到了信仰的祭坛上。在东正教的集合性面前，自由成了一个伪命题。在现代性问题上，陀氏站到了尼采与存在主义者的对立面。

在陀氏这里，理性是与资本主义的利己主义、拜金主义、个人主义紧密联系在一起的，是毁灭之路而非拯救之途。

到 19 世纪末期，俄罗斯形而上理性的结果是以普列汉诺夫、列宁为代表的马克思主义俄国化，出现了一系列以毁灭旧国家机器为目的的“解放社”、“斗争小组”，其目的是最终建立无产阶级专政的社会主义国家，进而建立以共产主义为目的的世界。而以别尔嘉耶夫、索洛维约夫为代表的宗教哲学家，则发扬陀思妥耶夫斯基的反理性精神，强调国家宗教化，强调以爱、宽恕等宗教价值理念引领现实，拯救饱受动乱、暴政与专制之苦的民众，强调俄罗斯民族的使命意识。最终，以个体神秘主义体验和宗教救赎达到个体与社会的和谐，以至整个世界的和谐。

心灵辩证法与灵魂辩证法

19 世纪俄罗斯文学最精彩的地方、最有魅力的华章，是它揭示了人类心灵运动轨迹之精妙，揣摩人在种种境遇下心灵的特点，如光彩与阴暗、高度与低点以及人类灵魂善恶之间的撞击与相互转化。简单来说，就是心灵辩证法与灵魂辩证法。

一、19 世纪俄罗斯文学中的心灵辩证法

所谓心灵辩证法，是人的感情与理性意识相互作用下人的心理变化过程。可以说，感性的冲动通过理性的修正，达到一种暂时的平衡，这一过程是理性对感性的压抑，也是理性对感性冲动所引起的罪恶感的一种辩解。

俄罗斯民族是世界上最喜欢反省的民族，19 世纪俄罗斯文学是世界文学中最富有反省精神的文学。关于这一特点，法国作家罗曼·罗兰曾有精辟的论述："斯拉夫人和法国人是欧洲的心理学大师，他们都有自我直观的天赋。而这种天赋既可变为天才的癖好，也可变为危险的癖好。因为长时间凝视深渊，脑袋就会发晕。"

自我直观的天赋是托尔斯泰心灵辩证法的精神土壤。与一般作家擅长描写某种特定情境下人的心理特点或者描写某种心理活动的结果不同,托尔斯泰擅长描写人的内部的、心灵的运动,不是运动的结果,而是实际的运动过程。车尔尼雪夫斯基称之为“心灵辩证法”。

托尔斯泰从年轻时就养成了自我分析、自我反省的心灵习惯,如《童年·少年·青年》中的尼科连卡。家庭教师一大早在尼科连卡头顶上打苍蝇把他扰醒时,尼科连卡心里先是气愤,而后是自怜,认为家庭教师是欺负他年龄小;接着,是讨厌家庭教师,连他的衣着都讨厌!但当家庭教师安慰他时,他转而认为家庭教师慈祥,连他的衣着也跟着好看起来。而尼科连卡解释自己的眼泪时,不得不撒谎说是梦见母亲去世了。随即,尼科连卡仿佛真做了这样的梦,沉浸在梦后的感伤里。尼科连卡沉浸在“乌有”梦境里,以真实的体验逃避说谎的内疚。尼科连卡从愤怒、自哀自怜、羞愧及至最后沉浸在梦境的感伤中,心灵的一系列变化发展充分体现了儿童心理易于变化的特点及善于反省与矫正的个体心理特点。

托尔斯泰的心灵辩证法在《安娜·卡列尼娜》一书中发展到成熟完美的地步。如小说第一部中安娜从莫斯科调解哥嫂的婚姻纠纷归来,在莫斯科与青年军官渥伦斯基相识,渥伦斯基潇洒倜傥的风度和热情令她心潮澎湃,虽然一夜未睡,但仍然精力充沛。安娜尽力让思绪回到家庭、丈夫、儿子这方面来,但是,当火车停住,她走了出来,见到前来迎接的丈夫,最先引起她注意的,是丈夫的脸孔:“哎哟,我的天呀!为什么他的耳朵是那样地竖了起来呢?”在丈夫冷淡而略带讥讽的问候过后,安娜内心升起的是对自己的不满,她的情绪也从火车上的心潮澎湃变得疲惫不堪。

这一段心理描写充分展示了安娜感性冲动与理性思维的交战。当她已经被渥伦斯基吸引时,她的理性思维还在挣扎之中。结婚多年,她不可能没有注意丈夫的耳朵,之所以现在觉得难看,是因为她心里厌烦他,不愿意见他。一般而言,当我们不喜欢某人,这种不喜欢的原因上不了道德的台面,我们就会找另外的理由,仿佛我们的情感真得来源于后者,这样我们就在道德上找到了平衡点。而安娜对自己的不满,则是因为她不得不在丈夫面前扮演一个妻子的角色,但她明显找不到一般夫妻别后相见的甜蜜,又不得不虚情假意。

作为女人的安娜渴望真正的爱情,作为贵夫人的爱情必须要接受社会习俗的规范和道德伦理的约束。嫌丈夫的招风耳难看,正是安娜潜意识中对婚姻不满、对丈夫不满的突破口;而她的疲惫则是对他们夫妻双方不得不虚伪客套的厌倦。

小说中,卡列宁这一形象也是通过一系列的心灵运动而丰满立体。当安娜向他坦白自己的外遇后,卡列宁内心的感情发展演变是最具意味的。他的心灵变化分五个步骤:

当安娜坦白后双手捂着脸哭起来，卡列宁一向在女人的眼泪面前几乎毫无招架之力，为了稳住眼泪在他身上引起的心神不定，“因此在他的脸上出现了一种使安娜感到吃惊的死人般的奇怪神情”。

第一个心灵变化：用外在的麻木僵硬掩饰内心的情感波涛。

卡列宁随后的内心活动不是常理上的痛苦，而是轻松和解脱。因为一直以来对妻子外遇的怀疑，使他十分焦虑和痛苦。在妻子的坦白引起最初的痛苦过后，卡列宁惊喜地感到自己的内心非常轻松，就好像一个人拔掉了长期疼痛的牙齿——长期以来一直折磨他的猜疑和妒嫉消失了，他觉得现在可以重新生活。

第二个心灵变化：最初的痛苦过后，是心灵的解脱与轻松。

卡列宁想起从古希腊的海伦到当代社会，各种由于妻子不贞而给丈夫带来耻辱的情形，极力在感情上淡化这件事情对自己的意义，着力思考最妥善、最体面、最方便的解决方法，这体现了他官僚机器的心灵特点。

第三个心灵变化：抛开情绪影响，理性地解决问题。

在当时俄国世俗文化背景下，妻子有了外遇，丈夫最体面地解决此种问题的方法是：决斗！就像伟大的俄国诗人普希金那样，用生命捍卫自己的荣誉。卡列宁深知这是自古以来的习俗，甚至也是他作为一个丈夫的职责，但以自己的体质，一想到面对黑洞洞的枪口，卡列宁就禁不住内心颤抖。诚实地承认自己胆小？不能面对决斗？这对他来说更加可怕。于是，他把决斗看做是一种野蛮落后的习俗；接着，他想到如果他决定决斗，肯定会有许多人来劝解阻止，他们不会让俄国所需要的栋梁之才遭遇生命危险。在明知会出现此种情况下，如果还要去决斗，岂不是沽名钓誉？这是不诚实的、虚伪的，是欺骗别人和欺骗自己。这一段心理描写让读者知道了什么叫自欺欺人，一个虚伪久了的人，无法知道什么是诚实。

第四个心灵变化：用虚伪的方式肯定自己的诚实——决斗就是沽名钓誉。

如果不决斗，通常的解决方法是离婚。但离婚肯定会闹得沸沸扬扬，会授人以柄，他的名誉会因此受损，他的政敌会借此攻击他；最重要的，是他不想妻子在这件事情中受益——她是过错方，却因此和情夫过上幸福的生活。一想到此，卡列宁就痛苦地呻吟起来。最后，卡列宁找到了解决夫妻感情危机的办法——向上流社会隐瞒所发生的事，采取一切力所能及的措施中止他们的关系，把她（妻子）留在身边，主要是为了惩罚她。当然，卡列宁不敢承认自己的冷酷。他找到了宗教方面的借口：把妻子留在身边是为了帮助她悔过自新，在灵魂上挽救她。一想到自己的做法完全符合宗教的要求，卡列宁的内心感到了极大的安慰。

第五个心灵变化：不离婚、不成全安娜与渥伦斯基，是为了给妻子机会，让她悔过自新。一个基督徒不能眼看着别人堕落而不去拯救。

从最初的震惊，到解脱轻松，到寻找解决之道，到否定决斗，到否定离婚，决定维持家庭现状，卡列宁的一系列心理运动完全符合一个伪君子的心理特质。他用麻木掩饰自己的悲悯，用理性压抑感情，用所谓的诚实包装自己的胆怯，用宗教道德粉饰自己的冷酷。这一系列的心理描写使我们看到了一个官僚机器——几乎没有正常男人的情感，甚至没有正常人的情感，却把一切都包装得如此冠冕堂皇。

从安娜的角度来说，她宁愿丈夫痛骂她一顿，这样可以减轻她的羞愧；或者愤怒地咆哮，这样可以看到一个丈夫的真情流露。但她看到的，只是一张冷漠麻木的脸。所以，我们明白了安娜为何说："我是一个活生生的人……我需要爱情，我需要生活！"理解安娜一出场，为何脸上带着被压抑的生气与活力。几十年的官场生涯使卡列宁完全异化为一台官僚机器、一个典型的伪君子。

《战争与和平》中，安德烈在奥斯特里茨战役前后的心理转变，也典型地体现了托尔斯泰的心灵辩证法的特点。这场战役之前，安德烈年轻气盛，雄心勃勃，认为凭借自己的才华、地位，当最高统帅也是一件指日可待的事情。他对爱情、亲情都相当淡漠，一心只想着干一番事业。但当战役失败，成千上万的俄国士兵在敌人的炮火中丧生，自己也受了重伤躺在战场上，这时的他万念俱灰，产生了一切皆空的悲观思想："除了那个无垠的天空外，一切都是空的，一切都是假的。除了那个外，一无所有，一无所有……”

安德烈从雄心勃勃到万念俱灰，是因为他感觉到事物有其自身的运行规律，不是人可以操纵的，人如果妄自尊大，就会受到无情的嘲弄。在茫茫宇宙和历史长河中，人之力量不过如草芥，只能顺势而为。

陀思妥耶夫斯基的心灵辩证法经常带有一些病态的感觉。如《卡拉马佐夫兄弟》中，上尉斯涅吉辽夫被米卡·卡拉马佐夫当街拽着胡子羞辱后，阿辽沙奉米卡未婚妻之命，送来二百卢布表示歉意。由于极端贫困，上尉在最初拿到这二百卢布时，表示出对这笔钱过度的惊喜与热望，历数这笔钱可以给太太与女儿治病，全家人可以搬到好一点的地方生活——但是突然之间，他意识到这笔钱是自己丧失尊严的代价，而他现在的态度正进一步使自己丧失尊严！于是，他态度大变，把钱团成一团，丢在地上，踩进泥里，然后扬长而去。

从热望到唾弃，上尉对这二百卢布的态度之转变，是极度贫困的人对金钱的热望与失去尊严的人对尊严的病态需求之间的矛盾，是现实的实际需要与心灵的骄傲自尊矛盾运动的结果。

二、19世纪俄罗斯文学中的灵魂辩证法

灵魂辩证法是指人的灵魂在善恶之间互相运动转化的过程与特点。它是人的理想人格与本能自我之间的交

战，是人的灵魂在“神性”与“兽性”之间的挣扎。

波特莱尔说过，每一个人的身上都有两种倾向，一种朝向上帝，一种朝向撒旦。

如果说心灵辩证法是托尔斯泰主要使用的心理描写手法的话，那么陀思妥耶夫斯基主要使用的是灵魂辩证法。当然，这并不是绝对的。托尔斯泰的作品中有时也使用灵魂辩证法。

《复活》中，聂赫留多夫在法庭上见到了玛丝洛娃这个当年他曾经爱过又引诱抛弃的女子。现在，她是杀人嫌犯，他是陪审员。多年来，他对当年的所作所为是羞愧的。但现在在这样特殊的场合相见，他的第一个冲动是害怕她认出他；当她并没有认出他来，他的第二个冲动是让审判尽快结束，而不是利用他的身份帮她，结果导致陪审团在认定玛丝洛娃并未犯罪的情况下，作出了不利于她的判决。这样，聂赫留多夫第二次在玛丝洛娃苦难的命运中充当了迫害者的角色。他自年轻时代就积蓄的罪恶感成了压在良心上的巨石，再不采取行动赎罪，将无法自由呼吸。忏悔、赎罪是聂赫留多夫良心的自我拯救，而开始这一步的诱因是他再次“犯罪”激发出来的。可以说，聂赫留多夫确实是在感觉自己已经罪不可赦的情形下才激发了自己向善的意志的，才决心忏悔、赎罪的。

在这种善恶的辩证关系中，一步步为恶成了聂赫留多夫转向善的先决条件，恶成了善的一个动因。当然，前提是聂赫留多夫心中始终都不缺乏善念，即使他完全变成一个动物般的人、一个自私的人。但是,如果没有聂赫留多夫在玛丝洛娃苦难的命运中第二次充当苦难的制造者,也许他还会做一个正常的贵族,过着优越富贵的日子。所以,为恶成了聂赫留多夫向善的一股不可缺少的推动力。

与托尔斯泰相比,陀思妥耶夫斯基的灵魂辩证法要复杂得多。

首先,在陀思妥耶夫斯基的创作中,灵魂辩证法不仅仅是一种创作方法,更是他的一种人性观。在陀思妥耶夫斯基这里,自由具有悖论的性质,它是人的理想,同时又开启了恶之门。所以,对于自由的追求,就会让人的灵魂呈现出善与恶的两极。在陀氏这里,具有较高的生命意识者对自由往往有绝对的要求。他们在追求自由的过程中堕入恶的深渊,恶成了生命内在深度的标志。人性走过恶,经过苦难的洗礼,才能达到完满的境界。这是陀氏人性论基础之上的灵魂辩证法。这一辩证法充分体现在《地下室手记》的主人公以及《罪与罚》中拉斯科尔尼柯夫等反叛主人公的命运中。

告诉我:为什么在我最能够感受一切精美的事——如人们所说,每种“美与善”的事物——时,就正正在这个时候,似乎设计好的,我不但会感受到最可恶的事情,甚至会做出最可恶的事情……诸如,好,诸如我所做过的一切,而这些事情,似乎有意的,发生在我明明知道不可让它发生的时候,我越是意识到善，以及一切“美与善”的事物，越是沉陷在自我的泥淖，并且准备完完全全投进去，而最糟的是这些事情之发生，对我并非偶然，而似乎是命定，似乎那是我最正常的状态，根本不是疾病或堕落。

地下室的主人公往往同时探索善与恶的两极，他的灵魂无法定型为善或者恶；而且很明显，他拒绝这样的定型，从而享受自由。在善与恶之间摇摆，善恶相随、互相激发，正是地下室人的人性特征。

《罪与罚》中的拉斯科尔尼柯夫是要充当人类恩主的，这一想法导致他杀人。他以杀人来开拓自由之路，最终却发现为所欲为的自由只是把生命引入绝对的虚无。生命的意义必须在一定的规则与限制之内。最终他以杀人犯的身份服苦役，忏悔赎罪；灵魂在信仰中找到寄托。

拉斯科尔尼柯夫的生命轨迹显示出他在骄傲与谦卑、自由与限制、罪与罚之间的灵魂辩证发展。骄傲与自由引发罪恶，忏悔与赎罪走向新生。

拉斯科尔尼柯夫、伊凡·卡拉马佐夫的善与恶具有形而上的特征。《罪与罚》中，拉斯科尔尼柯夫的杀人是为了理论而犯罪的。拉斯科尔尼柯夫的杀人是为了试验这样一条行为准则：即在强者的为所欲为与普通民众任人宰割的现实情况下，他这个贫穷的大学生是否也可以像强者那样为所欲为。拉斯科尔尼柯夫在杀人后，甚至无法拥抱他的母亲与妹妹。深重的罪孽感使他的灵魂不由自主地接受上帝的呼唤。伊凡·卡拉马佐夫也并不纯粹是为了父亲的遗产而鼓励犯罪。他的恶源自他的理论：如果上帝创造的这个世界允许流无辜的孩子的鲜血而不加惩处，那么上帝的正义何在？至善何在？而如果上帝根本不存在，那么人就是完全自由的，可以为所欲为！没有上帝，没有上帝所代表的绝对道德律令，对于人来说，善恶都没有意义。伊凡因为世界的不公正而否定了善，释放出了恶。

他们灵魂中的善恶两极都是形而上的，与具体的现实利益无关。正如别尔嘉耶夫所说，恶在陀氏这里：

> 是人具有内在深度的标志。恶与个性联系在一起，只有个性才可以创造恶并对恶负责。——如果存在人，存在深度空间的人的个性，那么，恶就有其内在的根源，它就不可能是外在环境偶然条件的产物。认为只有苦难之路可以赎罪，可以焚烧罪恶，这符合人的最高的尊严，符合他上帝的儿子的身份。只有通过苦难人才可以上升，这一思想是陀思妥耶夫斯基的人学非常本质的特征。苦难是深度的标志。①

伊凡与他的精神兄弟们出于追求绝对自由的目的而否定了上帝，否定了善，走上追求“个人权力至上”的绝对

① [俄]尼·别尔嘉耶夫著，耿海英译：《陀思妥耶夫斯基的世界观》，广西师范大学出版社 2008 年版，第 55—56 页。

自我之路。当他们为所欲为时,他们成了恶的化身。但在他们的恶中,拉斯科尔尼柯夫经由苦役磨炼,伊凡经由精神分裂,肉体与心灵的痛苦最终拯救了他们。苦难令他们的灵魂升华。在灵魂由恶向善辩证发展的道路上,苦难成为助推力,也是催化剂。善与恶既矛盾对立,又互相转化、相辅相成。

除了反叛主人公的命运,陀氏作品中一些次要人物的关系也呈现出灵魂辩证法的特质,如《卡拉马佐夫兄弟》中的米卡与卡捷琳娜的爱情关系就呈现出灵魂辩证法的特点。他们的爱情有一个传奇的开始,两个年轻人表现出高尚、真诚、义气、富有牺牲精神的品质,后来米卡却沉溺于声色并移情别恋。良好的开始并不意味着美好的结果。也许正因为一开始的"调"太高,所以才令米卡有了堕落的欲望。当米卡一再荒唐胡闹令卡捷琳娜颜面尽失时,所有的人都认为她应该与理性的伊凡走到一起,但伊凡看透了卡捷琳娜感情的本质——她还爱着米卡:"您爱他正是为了他侮辱您。假使他改过自新,您就会马上抛弃他,不再爱他。但您是需要他的,因为借此可以不断地默察自己坚守忠实的苦行,同时责备他的不忠实。而这一切全是出于您的骄傲。"在某种程度上,未必不能说,正是卡捷琳娜的美德与骄傲成为米卡堕落的一个动因。在人性里,善恶不是绝对的,善恶相生相随。正如米卡所说:从圣母玛利亚的理想开始,而以索多玛城的理想告终。"人是宽广莫测的。"

灵魂辩证法也是陀氏塑造人物形象经常使用的艺术表现手法。他使用这一手法展示人性在善与恶两极之间的挣扎徘徊,展示人性的黑洞与亮光、人心的柔软与刚硬。在《卡拉马佐夫兄弟》中,当米卡与父亲闹得势不两立的时候,受伊凡为所欲为理论影响的斯美尔佳科夫告诉伊凡:最近他会发作癫痫病,会好几天不省人事;而看门人夫妇也会在这几天喝药酒治病,好几天起不了床。在这个空当,米卡与父亲的冲突既不可避免,还很可能闹大。斯美尔佳科夫暗示伊凡应该离家到契尔马什涅去。

在这件事情的前前后后,伊凡心中一直对斯美尔佳科夫十分痛恨甚至厌恶。首先,伊凡厌恶他逾越仆人的身份,对自己指手画脚,告诉自己该做什么;其次,他带着一种好像与伊凡是某件事情的同谋者的神气,令伊凡感到厌恶;再次,他自我感觉完全了解伊凡,知道他心中所想,心头所愿。而令伊凡自己感到莫名其妙的是,自己回到家,本不想理睬斯美尔佳科夫,却不由自主地在他面前停下来;本想冲上去揍他一顿,却不但没有打他,反而告诉他自己要外出,虽不是契尔马什涅,而是莫斯科,但在意愿上表示出了配合。

在这一番内心意愿与外部行为的矛盾冲突后,到了夜晚,伊凡几次冲动地想起来去揍那个狂妄的仆人一顿,觉得他严重地羞辱了自己,却并没有付诸行动。相反,他带着好奇倾听着楼下父亲举动的声响,而且惯常对父亲的怨恨此刻也消失了。

伊凡对于斯美尔佳科夫的矛盾态度,正是伊凡心中善恶的交战。他之所以无法痛打斯美尔佳科夫一顿,是因为对方确实猜中了他的心思,他内心渴望父亲出事,因此他痛恨斯美尔佳科夫,却无法真揍他。他感受到对方帮助自己的意愿。至于伊凡对父亲一闪而过的善念,也是因为父亲马上要与一桩可怕的罪孽联系起来,并且会成为牺牲品。

小说中,伊凡另一次善恶交战,是在他逼斯美尔佳科夫承认了谋财害命,决定第二天开庭时要说出一切。虽然这会给自己带来麻烦,因为某种程度上,斯美尔佳科夫是在自己的默许下杀人的,但抱着自我牺牲的念头,在回来的路上,伊凡一改近期情绪上的暴躁易怒,很有爱心与耐心地救了一位醉倒在雪地里的农民。一系列的善念与善举,让伊凡沉浸在对自己很满意的自足状态之中。但是突然,当他脑中一闪念——难道现在就去告发斯美尔佳科夫?接着,伊凡心里决定:“明天一起解决吧!”但奇怪的是,所有的快乐、所有的自满情绪一刹那间几乎全都没有了。伊凡的情绪又恢复到以前那种冷冰冰的状态,因为他意识到自己的自我牺牲是有限度的。在拖到明天的决定里,其实伊凡也抱着会发生什么事情的愿望,这样也许就不必到法庭上坦白自己在这桩弑父罪孽中不光彩的作为。而在牺牲自己的冲动里,又有着自我保护的念头。善激发愉悦,自私使心绪冰凉。正如人们所说,我们在这个灵魂堕落的时刻看到了黑暗底下的洁白。一个如此善于自我直观的灵魂,是不会堕落到哪里去的。

在善与恶的矛盾冲突中挣扎着向善的灵魂,与一个从未作恶的善灵相比,可能包含着更多真正的善。这是经历过考验的,是在善恶两极的挣扎中,在向善的渴望与邪恶的诱惑中千锤百炼出来的。正如古希腊哲人赫拉克利特所说:“相反的力量造成和谐,就像弓与琴一样。”伊凡在经历了一夜与魔鬼的对话后,虽然心中的魔鬼嘲笑他善良的冲动,干扰他自我牺牲以救哥哥的义举,但他最终还是战胜了魔鬼——这个自私、不想负任何责任的犬儒主义者,它无疑是伊凡人格中的一个面相。伊凡与魔鬼争吵并且朝魔鬼扔东西,正是他灵魂中善与恶的撕扯。在别人毫不知情的情况下,他勇敢地在法庭上陈述了对己不利的事实。这不仅仅是对哥哥的爱。其实,伊凡对于哥哥德米特里并没有多少兄弟情谊,他并非出自兄弟间的情感。可以说,即使德米特里是一个陌生人或者仇人,伊凡也会如此做的。正如别尔嘉耶夫所说:

> 狄奥尼索斯悲剧、分裂、深渊仿佛成了人唯一的道路;通向光明之路必须经由黑暗。陀思妥耶夫斯基的伟大在于,他指出了怎样在黑暗中燃起光明。①

① [俄]尼·别尔嘉耶夫著,耿海英译:《陀思妥耶夫斯基的世界观》,广西师范大学出版社 2008 年版,第 140 页。

三、灵魂辩证法之罪感文化特质

19世纪俄罗斯文学中的灵魂辩证法显示出俄罗斯文化的西方文化特质——罪感文化。虽然俄国一直认为自己有两副面孔,一副是西方的,一副是东方的,正像俄国国徽上的双头鹰,一头看向西方,一头望着东方,但因为俄国的宗教信仰东正教属于基督教的一支,而基督教可以说是西方文化的灵魂。宗教对于文化的塑造力和浸透性是其他任何文化形式所不能比拟的,因为它直指人的内心。自988年基辅罗斯大公弗拉基米尔将基督教作为国教后,俄罗斯文化的主体接受便呈现出更多的西方文化色彩。

据美国人类学家本尼狄克特的理论,西方文化特质是一种罪感文化,而东方文化则是一种耻感文化。除法律约束外,在日常生活层面上,罪感文化的约束机制来自上帝,上帝是人类行为的审判者;耻感文化的约束机制来自周围的人,周围人的议论构成对人的行为的审判。所以,罪感文化中的人在犯罪时,自感愧对上帝,求上帝饶恕;耻感文化中的人,如果犯罪不被发现,他就不会有多少良心的谴责。从日本与德国对待二战时期侵略犯罪的不同态度(一个是遮遮掩掩,拒绝承认;一个是在世人面前真诚忏悔)可以看出两种文化的不同特质。从心灵的层面讲,罪感文化中的人在心中始终有一个他者——上帝,人在不停地与上帝的对话中完成自我救赎。所以,像伊凡这样,仅仅是在心灵层面上犯罪,也让他觉得自己罪孽深重;而耻感文化中的人则会因为他人的眼光而收敛行为。

伊凡虽然否定上帝的存在，认为人可以为所欲为，但他的思维方式、心灵感知方式是典型的基督教文化所规定的。在文明社会中，人是文化动物。所以，一个否定基督的人，其行为仍然受到基督教文化的规范。因为上帝这一形象在他的心目中虽然是一个“他者”，却是一个内在的“他者”。也可以说，上帝的形象已经成为他们心灵的一部分、他们人性的一部分。在善与恶交战的灵魂战场上，心中的上帝——行为的裁判最终成为自我拯救的力量。

四、人的意识就是一条流动的河

无论是心灵辩证法，还是灵魂辩证法，都告诉我们一个基本的原理：没有固定不变的人性，也没有永恒不变的善与恶。人性每时每刻都处于变动之中，由于欲望、自尊、骄傲、恐惧等情感与外部环境互相交织，人的情感就像奔腾的河流，滚滚向前；除了死亡，没有任何力量可以停止它。而这条河时而水波平静，时而波涛汹涌，这是人类灵魂善与恶的面貌。

但是，关于人性的善与恶，我们往往有一些程式化的偏见。生活中，我们说这个人是善良的，那个人是邪恶的，这种看法一旦形成，就很难改变。但往往在事后证明，这些先入为主的看法是错误的，因为这种看法在生活中造成的悲剧比比皆是。把人贴上“好人”、“坏人”等道德标签，虽然显得幼稚，却往往是许多人的思维定式。这样的思维局限甚至是一些伟人也无法避免。

心灵辩证法与灵魂辩证法足证唯物主义哲学观。苏格拉底把德性看做知识，并认为它先验地存在于人的意识中，人作恶是由于无知。柏拉图则认为，人的灵魂高居于天上的理念世界，具备一切知识。显然，无论是苏格拉底的“德性”还是柏拉图的“灵魂”，都是先验的、固定不变的。而这显然与现代心理学的相关知识不符，也与我们的日常生活经验不符。根据弗洛伊德的心理学，人的意识像一条河流。表层意识仅仅是河水的平面，潜意识则像地下的河床，那里暗流涌动，潜伏着人的本能、欲望和心理冲突。日常情况下，潜意识是被压抑的、管制的，似乎是不存在的，但它常常通过人日常的一些无意识的动作、梦等形式表现自己。潜意识也决定着人的意识的发展方向。虽然弗洛伊德以性冲动来解释人的本能冲动的学说有失偏颇，但他对人的意识与潜意识的运动状况的把握，确实揭示了人的思想与行为的某种本质特点。

弗洛伊德关于潜意识的概念被黑格尔关于“灵魂”的学说所证明：灵魂是在精神中展开的，因为精神本身揭示出它是灵魂的真实内容，灵魂的根本特征就在于“它尚未成为精神”。在黑格尔看来，灵魂不过是达到意识之自我的过渡；达到意识之自我后，遂超越了人本身的灵魂学说而达到了精神的现象学。①

---

① [德]黑格尔：《哲学百科全书》，转引自[美]赫伯特·马尔库塞著，李小兵译：《审美之维》，广西师范大学出版社 2001 年版，第 17—18 页。

如果人的意识是流动的河流，在不断地发展变化，那么很明显，人的思想情感以及道德品质就不可能是一成不变的。正像陀思妥耶夫斯基在《地下室手记》中所描写的，人性是处于不停地发展变化之中的。人也许刚刚还在同情一个不相识的人英年早逝，或者出手救助一个白血病患者，下一秒钟就可能因为别人一个嘲笑的眼神而心生怨恨，渴望惩罚别人；一个人可能在社会上是模范公民，家庭生活中却可能是一个虐待妻子的丈夫。了解了人性的基本面貌，我们就不须为自己一时的贪婪或懦弱犯下的错误过于悔恨，或因为别人某些恶意的行为而怀恨在心。只要真诚地忏悔，就应该放过自己；只要别人承认错误，我们也应该放下怨恨，学会宽恕。正如古希腊先哲赫拉克利特所说，“人不能两次踏进同一条河流”，“太阳每天都是新的”。生命的本质之一就是它的时间性，而时间的特质就是绝不会复返。生命不能预演，也无法重来。我们所能做的，就是把握好现在。过于苛责的完美主义只能让我们裹足不前；绝不饶恕的原则至上也会让我们错失生命中许多美好的时光。正如罗曼·罗兰在《约翰·克利斯朵夫》“序言”中所说：“真正的光明决不是永没有黑暗的时间，只是永不被黑暗所掩蔽罢了；真正的英雄决不是永没有卑下的情操，只是永不被卑下的情操所屈服罢了。”在战胜外来的敌人之前，首先战胜内在的敌人；不必害怕沉沦堕落，只要能不断地改过与更新。

第三编 综合篇

人民性

——19世纪俄国知识分子的精神鞭刑

“人民性”是19世纪俄罗斯文学中一个重要的价值观念。它是作家创作、塑造人物形象时一个重要的价值参照指标，也是批评家衡量作品的一个价值尺度。

如果说，在陀思妥耶夫斯基的作品中，反叛主人公与“爱的使者”总是成双成对地出现，而且，爱的使者最终充当反叛主人公精神的引路人的话，那么，在“多余人”形象系列中，在“多余人”身边，也总是会出现一位体现俄罗斯民族伟大精神的人物形象。他们仿佛是“多余人”的镜子，照出了后者精神上的空虚；他们又仿佛是金刚石，“多余人”与他们擦出火花，显出灵魂里的几许亮色。

对于19世纪俄国知识分子来说，人民性意味着灵魂救赎，是俄国的希望所在、未来所在。

一、“人民性”——大地一样温暖坚强的力量

(一)塔吉亚娜——质朴、真挚、热烈的俄罗斯心灵

人民性体现了19世纪俄罗斯文学重要的价值取向。

与19世纪大部分文学现象都起源于普希金一样，人民性也是从普希金开始的。在普希金笔下，较典型、集中地体现人民性的文学形象，是叙事长诗《叶甫盖尼·奥涅金》中的塔吉亚娜。如果说在这部长诗中，作者经常怀着讥讽来描写奥涅金的怀疑主义，写他腐朽空虚的上流社会生活，那么在写塔吉亚娜时则是很严肃的，笔墨是很真挚的。塔吉亚娜的人民性首先来自于她与奶娘的亲密情感。她是听着奶娘的俄国民谣与民间传说长大的。她的幼小心灵所向往的英雄是俄国民间故事中的主角，是一些为民谋福利、甘愿自我牺牲的历史人物，是以血肉之躯反抗强权的人民英雄，是生活在底层但智慧勇敢的"草根精英"。这一切颠覆了现实中的价值观，建立起塔吉亚娜内心独特的人生观、价值观。当塔吉亚娜为爱所困、为爱难眠时，她俯在奶娘的肩头痛哭，并向奶娘坦白自己的情愫。从她与奶娘的关系中，我们看到了一种超越血缘关系的母女之情。这个贵族少女从农奴那里汲取精神营养，从人民那里获取心理支撑，与底层人民水乳交融。

痴情与专注是恋爱中的塔吉亚娜所表现出来的首要性格特点：当她恋爱时，她眼中所见、耳中所听，一切都像施了魔法，向这位少女提起她爱人的名字；当她阅读小说，无论是卢梭小说中为爱而死的男主人公，还是歌德《少年维特之烦恼》中为爱自杀的维特，在塔吉亚娜这里，都读出了"奥涅金"这一名字。她把自己幻想成小说中的女主人公，独自在幽深的密林中徘徊，情思躲过理性的审查，沉浸在爱情甜蜜的忧伤中。这时的塔吉亚娜就是一位中了爱情魔法的少女。

勇敢是这位少女追求爱情时表现出来的另一品质。当爱情到来时,她不会像上流社会经验老到的女人施展手段,欲擒故纵,把男人玩于股掌之中,自己却置身事外,毫发无损。塔吉亚娜不会这些把戏,她勇敢地坦露自己的心声,在还没有弄清楚奥涅金的心意前,向奥涅金表白了——白纸黑字,她写下了炽热的情书:

> 不,在这世界上,
> 我的心决不会献给任何一个人!
> 这是神明所注定,上苍的意思:
> 只有你才能占有我的心。
> 我整个生命是最好的证明,
> 保证我一定会和你相逢;
> 我相信,你是上帝赐给我的,
> 你将要保护我的一生……
> 在梦里你曾来到我的面前,
> 虽不可捉摸,我却感到亲切,
> 你奇异的目光如此乱我方寸,
> 你的声音早就在我心中萦回……

塔吉亚娜这样赤裸裸地表达自己的感情,完全不懂自我保护。她不知道那些贵族小姐太太们驾驭男人的"法术”:先给对方一点希望,挑起他的情意;然后若即若离,让他痛苦难熬;继之惹他妒嫉。如此,男人就成了她们的猎物。这样的爱情“三部曲”没有爱,只剩下游戏。塔吉亚娜的爱与此相反,她不懂策略,不知设防,像扑火的飞蛾,宁愿燃烧自己,也要追求光明。她心地纯洁善良,不肯把别人想得龌龊不堪。

塔吉亚娜爱得质朴、勇敢、热烈,这样的情感特征正是俄罗斯民族所具有的,属于热烈而单纯的俄罗斯之爱。俄国白银时代著名评论家 B. И. 伊万诺夫认为:俄罗斯民族性格的特点是赤裸裸的激情。这是撕去一切装饰和假面的情感,这是不去算计利害得失的激情,这是属于心的爱,不是出自头脑的爱。在塔吉亚娜的爱情里,充分体现出俄国人民质朴与勇敢的品质,这是纯粹的俄罗斯之爱!

比起追求爱情的热烈勇敢,塔吉亚娜婚后的忠贞更能体现出俄罗斯民族的道德力量。她听从母命嫁给了彼得堡一位年老的将军,成了将军夫人、社交界的红人。在奥涅金流浪归来并渴望投入她的怀抱时,塔吉亚娜坚决地拒绝了他。她泪流满面地看着奥涅金的一封封情书,心潮起伏,于是再一次向他坦白了自己的真情:

> 对于我,奥涅金,这种阔气,
> 这令人厌恶的荣华富贵,
> 我在社交旋风中的成功,
> 我这时髦的邸宅和晚会,

又算得了什么？我乐于放弃
这假面舞会的破衣烂衫，
这豪华、喧闹、乌烟瘴气的场所，
去换取一柜书或荒芜的花园，
去换取我那寒伧的田庄，
去换取偏僻的乡间，奥涅金，
我第一次看见您的地方，
还有换取那幽静的坟场，
如今十字架和树枝的阴影
正庇护着我那可怜的奶娘……
我爱您，（这我又何必掩饰？）
但我已经嫁给了别人，
我将一辈子对他忠实。

虽然婚姻并非塔吉亚娜自己的选择，但她一旦接受，就忠贞不贰。在她向奥涅金的坦白中，再一次确证了与乡村和人民之间的联系，确证了她的人民性。在塔吉亚娜身上，有着十二月党人妻子的影子。这些上流社会的贵妇人曾经过着奢侈舒适的日子，但在她们的丈夫被流放到西伯利亚服苦役时，她们毅然决然地放弃养尊处优的生活，跟随丈夫到荒僻的西伯利亚去。这样的激情和勇气正是俄国妇女最优秀的品质。

塔吉亚娜这一形象在当时就得到评论界的高度肯定。别林斯基等评论家认为：塔吉亚娜在道德上不可动摇的坚定性，“远远超出了家庭生活的范围，而且独特地表现了甘愿付出牺牲的一代人的崇高理想。在这一代人的经历中，包括了莫斯科保卫战和十二月党人的成长。在这位俄罗斯妇女纯朴高尚的形象中，可以感觉到卫国战争时期俄国人民的英雄性格。这一形象的道德力量极其伟大……普希金笔下的‘具有俄罗斯心灵’的塔吉亚娜，无论就其道德标准的高尚或意志力的坚强，都将永远属于人们最喜爱的民族形象”①。与奥涅金受西方教育、拥抱西方价值观而与本民族文化不相融相比，塔吉亚娜的一切都是人民的、民族的，与祖国的文化根基息息相通。

（二）马克西姆·马克西梅奇——高加索群山一样的坚韧不拔

《当代英雄》中体现人民性的形象是马克西姆·马克西梅奇。这是一位在危险、艰苦的战斗中千锤百炼的高加索老兵的典型代表。他在激烈的战斗中出生入死，在深山要塞中过着几乎是与世隔绝的生活。他不像一般士兵那样粗俗，也不像一般士兵那样烟酒不离身。他的老兵的感觉来自多年的服役生涯，他对高加索山民的狡诈本性有准确的认识，并且对此非常仇恨，但他狭隘的知识与情感并不妨碍他有一颗温暖、高贵甚至是温柔的心；他凭借着某种本能理解一切人性的东西，对之表示深切的关心；他的

① ［俄］列·格罗斯曼著，王士燮译：《普希金传》，黑龙江人民出版社1983年版，第413页。

灵魂不由自主地渴望着爱和同情。这个老兵的人民性体现在他顽强的生命力——坚韧不拔以及粗犷的外表下丰富而温暖的人性。他像高加索的群山一样沉稳、坚定，衬出了“多余人”毕巧林的狂躁不安。老兵像生生不息的大自然一样有着坚韧的生命力，反射出“多余人”这样的贵族青年的脆弱。老兵对高加索山区的种种风土人情了如指掌，又珍重生命，所以才能在多年的战争岁月中存活下来，而“多余人”毕巧林悲观信命、赌命；老兵在与世隔绝的高加索一待就是十几年，而毕巧林在不停地漂泊流浪，任何一个地方都待不久；老兵重感情，而毕巧林对谁都很冷漠。老兵耐心地规劝毕巧林不要胡作非为，他的智慧里包含着良知、道德和做人的根本。

这样的老兵出现在毕巧林的生活中，是可以做他的“精神之父”的。但正如奥涅金一开始无法认识塔吉亚娜的美好，毕巧林也无法看到老兵金子般的心。

（三）米哈依洛·米哈雷奇夫妇——注重实干的俄罗斯脊梁

《罗亭》中人民性的体现者则是小说一开始就出场的亚历山德拉·巴甫洛芙娜。如果说罗亭善于演讲，那么她则善于行动。她办慈善医院，关心周围乡邻的生老病死，乐善好施，心地宽厚。她的丈夫米哈依洛·米哈雷奇是罗亭的大学同学，也是一位人民性的体现者。他虽受过西式教育，却是一副不修边幅的俄国地主的打扮，同时还有一个纯正的俄罗斯灵魂。他自己管理田产，对任何时髦的、形式主义的东西嗤之以鼻。他的人民性更多表现出来的是民族性，他明确认识到俄国不能照搬西方的理念。每个人必须首先是俄国人，然后才能是世界人；西方的自由、民主、平等等信念必须与俄国的现实很好地结合。小说中，米哈依洛首先认识到罗亭不善于行动的弱点，所以当众人都崇拜罗亭时，唯独他对罗亭不友善。后来，他意识到了罗亭的价值。当现实仿佛一潭死水，一般的俄国民众陷入谨慎、冷漠和萎靡的社会风气里，此时正需要罗亭如布道一般的演讲，在追求进步的年轻人心中点燃星星之火。罗亭的激情、信念、善于鼓动人们去追求美好生活的能力，具有可贵的启蒙价值。米哈依洛比罗亭更清楚，罗亭的历史使命就是唤起民众，点燃理想、信念之火。所以，当罗亭漂泊多年一事无成而被别人嘲笑时，米哈依洛成为罗亭精神上的支持者。

米哈依洛·米哈雷奇夫妇正是19世纪40年代优秀俄国人民的代表。他们不尚空谈，脚踏实地做好每一件事；他们既是实干家，也是慈善家，还是罗亭这样的贵族革命者坚强的后盾。他们并不想成就宏伟功业，却是支撑社会的栋梁之才；他们外表朴实，内心却如俄国大地一样宽广深厚，具有巨大的包容力。

二、"人民性"——19世纪俄国知识分子的精神鞭刑

有趣的是，把塔吉亚娜、马克西梅奇等形象联系起来

看，可以发现，“多余人”这些带有启蒙意味的贵族知识分子，他们在体现人民性、民族性方面，是从神秘、居高临下而变成被调侃、怜悯的对象的，显示出贵族知识分子在现实社会中的价值变迁、命运衰落。《叶甫盖尼·奥涅金》中，奥涅金差不多是塔吉亚娜的半个精神导师（塔吉亚娜的另半个精神导师是她的奶娘），她把他看得高于平庸的环境，认为他可以改变她的命运。她在他的书房里阅读浪漫主义著作，汲取精神食粮。虽然最终塔吉亚娜拒绝了奥涅金，但再一次表白她爱他，心灵上依然依恋着他。

《当代英雄》中的马克西姆·马克西梅奇，毕巧林在他面前已经没有任何的精神优势可言。当然，马克西梅奇还是很看重他的，虽然并不理解他，把他看成一个怪人。而毕巧林对马克西梅奇几乎没有影响力。他们的命运在暂时的交集过后，变成了两条平行线。就精神力量而言，毕巧林是“多余人”系列形象中仅比奥勃洛摩夫大一点的人物。他虽有无限的内在力量，却总是找不到出路，显示出19世纪30年代在俄国十二月党人起义失败以后，贵族革命低潮期贵族知识分子与现实中各种力量的对比。

应该说，19世纪40年代俄国贵族革命走出了暂时的低潮。年轻人渴望变革，这从娜塔莉亚及她的家庭教师等人的精神世界中可以感受到。在这样渴望变革的现实氛围中，罗亭这样的启蒙者被看做是精神领袖，他的演讲甚至产生了像耶稣布道一样震撼灵魂的效果。但是，语言的最初震撼效果过去以后，罗亭的行为是令人失望的。罗亭这个语言的巨人、行动的矮子只能活在理想之中，在现实中甚至无法做到安身立命。他的理想一次次破灭，家产一点点耗尽，他在现实中找不到自己的位置。罗亭这一形象显示了俄国贵族革命时代已经结束，平民革命时代已经来临。

“多余人”的形象在人民面前一点点坍塌，他们的精英意识也一点点丧失。如果说奥涅金身上欧洲文化的熏陶使他在塔吉亚娜这个乡下姑娘面前有某种优越感，并启发了塔吉亚娜对于爱情的追求和类似自我觉醒的东西，那毕巧林在马克西梅奇面前已经不具备这种优势；而罗亭在小说的结尾几乎成了大家怜悯的对象；“多余人”的终结者奥勃洛摩夫更成为所有人怜悯、鄙视的对象，成了名符其实的废物！

“多余人”形象的演变揭示出俄国贵族革命已经结束。在“多余人”的精神寻求中，体现着这个民族难以自我确定的矛盾特点。自彼得大帝改革，俄国全方位地学习欧洲先进的文化与科学技术，这种学习已经持续了一个世纪。1812 年的卫国战争，俄国文化与西方文化交融碰撞，产生了更进一步学习西方文化的需求。但这次向西方学习的情形是复杂的。首先，卫国战争的胜利提高了民族自豪感，过于谦卑的态度与一个战胜国的自尊是不相符的；其次，拿破仑的失败与欧洲文化自身的缺陷使俄国人开始反省他们一个世纪以来借鉴学习西方的态度是否得当。“多余人”时代的结束意味着俄罗斯民族向欧洲学习时代的结束，开始了一个民族新的自我确定的时代。

到陀思妥耶夫斯基和托尔斯泰，他们对于俄国人民是充满敬意的。俄国的普通民众在他们眼里是有神性的，是伟大的。贵族们的高傲、自私，知识分子的自以为是、自我封闭，在质朴善良的民众面前，是渺小的、脆弱的。在 19 世纪俄罗斯文学中，作家们以人民性对贵族、知识分子施以“精神鞭刑”，抽出他们皮袍下面的“小”来。

三、“人民性”——俄国的未来

俄国地处欧亚大陆，在它的传统文化里，既有亚洲的文化积淀，如政治的专制与大一统，又有俄国自己原始拜火教的特质，譬如激情与冲动的性格，更有欧洲传来的基督教等文化影响。在俄罗斯民族本原里，有着自己属于欧洲还是亚洲的困惑。彼得大帝不仅选择学习西方，还把首都迁到离欧洲更近的圣彼得堡。可以说，这是彼得大帝对俄罗斯民族的自我确立，趋近欧洲，走欧洲之路。但是这条路在 19 世纪二三十年代被“多余人”的探索所否定。

在 19 世纪四五十年代，俄国的有识之士在探索民族出路的同时，伴随着俄罗斯民族自我意识的觉醒。他们开始意识到俄罗斯民族的独特性，意识到俄国的出路不在于单纯地向欧洲学习，俄国应该走自己的道路。以车尔尼雪夫斯基为代表的平民知识分子成为这一年代革命的中坚力量。车尔尼雪夫斯基不仅反对俄国的农奴制、封建专制，而且向俄国在农奴制改革后出现的资本主义剥削制度猛烈开火。他主张在大规模的工业生产的基础上实行社会主义,不过他所宣扬的社会主义带有空想的性质。他还幻想通过农民村社过渡到社会主义,并相信俄国应该走一条有别于欧洲资本主义的道路。

欧洲文化自文艺复兴起,就在探索实现人的自我价值与人的个性解放的道路,这种注重个体利益与自我价值的文化思想立足于个体自我的“个人主义文化”。德国著名文学家斯宾格勒称此为“浮士德文化”,并称它是一种“意志文化”。而俄罗斯的心灵是无意志的,是“无我”的文化。①

俄罗斯文化一直缺乏对于“个体私我”的追求与尊重。在19世纪俄罗斯文学中,更是通过“多余人”现象和陀思妥耶夫斯基的个人主义反叛者、托尔斯泰笔下的探索贵族等命运,完全否定了个人主义在俄国的存在。奥涅金们的对立面站着像大地一样厚重的俄国民众,他们因激情与担当而充满生命力;拉斯科尔尼柯夫们的对面则是像耶稣一样代表着爱与牺牲的索尼娅们;托尔斯泰的忏悔贵族们对面则是没有意志完全消融于芸芸众生之中的福卡尼奇们。

如果说俄罗斯心灵确实是无意志的,那么它的无意志只体现在个体方面。首先,在19世纪俄罗斯的文化中体现出了强烈的集体意志,也可以说是民族意志。这一意志

① [德]奥斯瓦尔德·斯宾格勒著,吴琼译:《西方的没落》,上海三联书店2006年版,第309—310页。

首先表现出追求民族自我确定的企图。自彼得大帝学习欧洲,追赶欧洲,到19世纪中期,俄国人不再害怕自己与欧洲人的差距,而是相反,害怕丧失民族自我。他们再次蓄起大胡子,穿起俄罗斯长袍。他们以在欧洲面前展示自己的俄罗斯面目而自豪。其次,在19世纪俄罗斯的文化中表现出对于集体主义、大一统、整合、融合的强烈愿望和对于分化、分裂的恐惧。再次,这种民族自我肯定还表现在斯拉夫主义者身上。他们认为,东正教的集结性是整合俄国社会和人民思想的观念,这种集结性是自由与统一的融合,是信仰与理性的融合。它强调人类之间的兄弟大爱,这样的集结性不仅是俄国未来的希望之所在,也是整个基督教世界甚至整个人类世界的未来。而欧洲的天主教以理性主义和逻辑信念为基础,是建立在个人独立(其实是孤立)的观念基础之上的,因此造成了西方社会普遍的道德堕落、缺乏信仰、个人至上和利己主义。最后,这种民族自我肯定还表现在一部分斯拉夫主义者把俄国的未来寄托在富有道德感的宗法制农民身上,认为这些消弭个性、完全无我、体现兄弟之爱的俄国农民的生活方式才是人的本质意义上的存在。

所以,“多余人”走向衰落是与俄罗斯民族自豪感的崛起同步的。“多余人”迷失在欧洲的万花筒里,而俄罗斯民族则在人民性那里找到了自我。人民仿佛是一面镜子,照出了“多余人”的虚妄,照出了托尔斯泰笔下的忏悔贵族的自我封闭,照出了陀氏笔下个人主义反叛者的狂妄。

19世纪俄国知识分子对于先进的欧洲文化从向往到质疑,对于人民性、民族性从鞭挞到肯定到礼赞,显示出这个民族在19世纪的世界风云中不断强大、不断自我肯定甚至自我膨胀,在欧洲文化面前从自卑到自大。其中,果戈理的思想感情的发展过程可以说是一个非常典型的案例。年轻时候的果戈理继承了普希金自然主义(批判现实主义)的创作传统,写下了《外套》、《钦差大臣》、《死魂灵》等优秀的文学作品。他对专制制度下官僚的冷酷、小公务员的卑微与辛酸的描写活灵活现,他讽刺农奴制的"支柱"——农奴主们不过是一些愚昧、空虚、贪婪、冷酷的无人性的家伙,达到了惟妙惟肖的程度。但是到了晚年,尤其是长时间在国外居住生活后,果戈理非常思念故乡。在他1847年出版的《与友人书简选》中,他对自己年轻时反专制、反农奴制的思想来了一次大清算。他忏悔自己在《死魂灵》等作品中对于现实的揭露与批判,公然支持俄国的农奴制与专制制度。为此,他受到了当时进步文学家领袖别林斯基的严厉批评。别林斯基写了著名的《致果戈理的一封信》,严厉抨击了果戈理的反动立场。果戈理这种从全方位批判现实出发到最终全面肯定俄国、歌颂俄国,在19世纪俄国知识分子中是很有代表性的。从政治上说,这是一种反动;但从历史角度看,则有某种必然。

平民颂歌

一、悲悯眼光下的平民悲剧《驿站长》、《外套》

在《驿站长》中，普希金是用悲悯的笔触塑造驿站长萨姆松·维林这一形象的。同样，果戈理的《外套》也写了一个小人物的悲剧。《外套》中一个最底层的小公务员用多年的积蓄购置了一件外套，却在穿上它的当天晚上就被人抢走。他报案时因走错房间而误闯警察局长的办公室遭到训斥。伤心惊恐之下，这个小公务员一病不起。外套虽然与驿站长的女儿不能相提并论，但都是主人公心目中最珍贵的。在他们被剥夺了生命中最珍贵的东西时，专制政府与上层贵族不但不帮助他们，反而呵斥、驱赶他们，最终导致他们的死亡。无论从道义还是价值观上，作者都是站在这些小人物一边的，强烈谴责造成他们不幸的上层贵族与专制政府，揭露他们的冷酷与荒淫，同情小人物们的不幸。

二、歌颂声中的平民作品《穷人》

到了陀思妥耶夫斯基的《穷人》，这种悲悯的情感开始升华，小人物不再单纯是悲悯的对象，他们具有道德上的优越感，成了作家歌颂的对象。

《穷人》与《驿站长》有文学上的血缘关系。陀思妥耶夫斯基借着主人公的口说出这样的话："我读这本书，就跟是我自己写的一样；举个例子来说，仿佛这就是我自己这颗心，按它原来的样子，在人们面前翻出来，详详细细地描写它，就是这样！……我本来就有同样的感觉，完全跟这本书一样，有时候我自己的处境也是这样，大致跟这个可怜的萨姆松·维林一样。"①我们可以把陀氏看做是 19 世纪 40 年代的"驿站长"，就连《穷人》故事本身的构思写作也可以看到《驿站长》的影响。主人公杰符什金与孤女瓦棱卡虽没血缘却情同父女，他们在苦难中相互关怀安慰、相互扶持，体现出最真挚、无私、高尚的人类情感。正因为他们没有血缘关系，所以杰符什金的行为在道义上就更高尚一些。

杰符什金与果戈理《外套》中的主人公的文学渊源可能比《驿站长》更深。他们同样是小公务员出身，同样具有善良胆小的性格。杰符什金在读了《外套》以后，无法平静

---

①《陀思妥耶夫斯基选集·中短篇小说选》，人民文学出版社 1982 年版，第 79—80 页。

下来，甚至怀疑自己也会犯同样的错误而遭到训斥。他抗拒《外套》主人公的命运，其中不乏兔死狐悲的情感，或者就是“哀同类”。我们甚至可以说，杰符什金在阅读时经常把自己和主人公混在一起，仿佛就是自己在经受这一切，所以，强调自己明白有等级差别，他强调自己有优点、受到上司器重等《外套》主人公所不具备的特质，以此来彰显他们之间的区别，而潜意识里也想以此避免《外套》主人公可怕的命运。

其实，杰符什金与维林及《外套》主人公最大的不同在于：他自己几乎已经处于社会的最底层，却还是能够关爱那些比他更不幸的沿街卖唱的小乞丐、穷得揭不开锅的失业者、被诉讼官司拖得几乎家破人亡的小商人等，他用自己的善良把最底层的人民团结起来。善良、慈悲、乐于助人、有担当，杰符什金是一个“完美的穷人”；或者可以说，杰符什金在物质上是贫穷的，但在精神上是富有的。

19 世纪俄罗斯文学中的小人物系列，从驿站长到杰符什金，形象逐渐饱满、鲜明、高大起来，他们从被同情的对象上升为被歌颂的对象。在道德上，他们甚至带有优越感，作者的情感与视角也完全与这些小人物和谐一致、浑然一体。陀思妥耶夫斯基被称作是“城市贫民代言人”，城市贫民在他这里有了自己的尊严和地位。另一方面，因为陀氏自己曾经有一段时间也是过着城市贫民的生活，所以他塑造这些城市贫民形象时，与主人公是同呼吸、共命运的，是血肉相连的。

三、引领贵族道德净化的底层平民

底层平民到了托尔斯泰的笔下就成了腐朽贵族的对立面。贵族们有多么腐朽,底层平民就有多么坚实;贵族们有多么游手好闲,底层平民就有多么勤劳能干;贵族们有多么虚荣浮华,底层平民就有多么质朴真挚;贵族们有多么虚弱,底层平民就有多么坚定;贵族们有多么冷酷,底层平民就有多么温暖。总之,托尔斯泰把自己所向往的一切优秀品质全都寄托在底层平民——农民身上。

这并不是夸大之词,有托尔斯泰的作品为证。我们知道,托尔斯泰作品中的男主人公都具有自传性质,具有探索性质,是他人生历程中某一阶段精神探索的表现。无论是《战争与和平》中的安德烈、彼埃尔,还是《安娜·卡列尼娜》中的列文以及《复活》中的聂赫留多夫,都具有这种自传、探索的性质。当这些自传式主人公在人生的探索历程中遭遇困境时,往往是他们身边的贫民用最朴素的语言点醒他们。当彼埃尔找不到人生的目标时、列文看不到人生的意义时,卡拉达耶夫、福卡尼奇告诉他们:人是为上帝活着的。无论卡拉达耶夫还是福卡尼奇,他们都是地道的俄国农民,其貌不扬,穿着简朴,神态低调。他们说这些话时,虽然对于列文们来讲犹如神祇一般,但他们丝毫没有意识到这些语言有什么特别之处,更不会认为这是自己独有的发现,而是把它当成春天播种、秋天收获一样自然的事情,或者是如山川河流一样就存在于那里。

在《安娜·卡列尼娜》中，如果把作品中的人物生存分成等级的话，那么像安娜的哥哥奥布朗斯基、莉迪亚伯爵夫人这样醉生梦死、只知道追求感官享乐的贵族，是处于最低一层的动物式生存。而像安娜这样的贵族妇女不甘于没有爱情的婚姻，也不愿意用不道德的手段在婚外寻求满足，她们要求爱情和幸福的权利，并敢于向现存体制与习俗挑战，可以说是半觉醒的贵族妇女形象。她们不再是随波逐流的游魂，但她们的自我觉醒仅止于爱情与幸福的追求，限于个人的小天地，而无法拥有广阔的社会视野。这些半觉醒的贵族妇女们处于第二层。像列文这样的贵族地主不追求更大的利益，而是试图解决几百年来农民与地主的矛盾，改善农民的生存处境，甚至不惜牺牲自己的利益。在自我生存的层面上，他们不满足于一般的物质生活，而是寻求心灵的充实、灵魂的自我完善。但是，由于贵族地主的现实观念和积习，列文的现实角色和灵魂追求经常处于矛盾之中，要不断经受这种灵魂撕裂的痛苦。这种痛苦进而使他怀疑人生的意义与目的。这些精神探索路程上的贵族处于第三层。第四层就是以福卡尼奇为代表的俄国农民。他们的灵魂清白，敢对日月，勤劳善良，无愧天地。他们没有知识，却能参透人生；处于社会底层，生命却自有尊严。总之，他们仿佛生而拥有宇宙之道。这些体现宇宙生命之道的农民处于生命的最上层。

其实，托尔斯泰通过这些俄国农民所体现出来的似乎是一种带有中国道家色彩的生存之道。通过托尔斯泰的书信和回忆录，他确实读过中国的道家著作，最起码读过老子的《道德经》，知道老子的“大音希声”、“大象无形”之说，知道老子的“上善若水”之说。

《道德经》所推崇的人格就是：力量最大的人，表面像水一样平凡，给人很谦虚的感觉，其实质又像水一样渊博而沉静。做人就要像水一样，形态可随对象不同而随时进行万般变化，所以不招怨恨，当需要水滋养万物时，它又能全力以赴而不求回报……这才是最有道德的人，才会像海一样赢得万水所向，尽收百川。

卡拉达耶夫式的俄国农民就是具有水一样品格的人。苦难面前，他们有坚韧；危险面前，他们有担当；幸福面前，他们不会喜形于色。他们如《道德经》中所提倡的“事善能，动善时”，不强调突出自己，却是历史前进的动力。

卡拉达耶夫式的生存法则还有一个特点，就是近乎“无欲”。除了中国道家思想，托尔斯泰还受佛教思想的影响。他的佛教思想主要是通过德国哲学家叔本华的间接影响得来的。叔本华认为，人类的痛苦来自无休止的欲望。要想减少人类的痛苦，宜将人本身化归于极度寂静无为之境，在此境地，人既无欲望，就不会受挫、受辱、受伤。托尔斯泰由此形成了关于宇宙与人生关系的见解：最聪明、天赋最高的人所能控制的事也极其细微，世界历史自有其秩序存在，但这个秩序不是人凭自己的智能就可以掌握的。最强有力的人所能做的，不过是随着事件的进展，随机而动，如《战争与和平》中的俄军元帅库图佐夫。欲望强烈、自认为可以操控一切的人其实是虚妄的自大狂，到头来会一败涂地。

拿破仑式的人格是托尔斯泰所痛恨和鄙视的。卡拉达耶夫正是拿破仑的对立面。

我们应该看到，托尔斯泰推崇质朴单纯的俄国农民式的生存方式，他在《战争与和平》、《安娜·卡列尼娜》、《复活》中也一再推崇这种生活方式，让人物在自传式主人公的探索历程中充当神祇式的人物。但托尔斯泰并没有把这种生存方式形而上为唯一正确的方式，没有把它理念化与普遍化，这与托尔斯泰的历史发展观有关。托尔斯泰并不认为这些俄国农民代表着历史前进的方向，因为他认为，人所能看到的历史发展因素，不过是混沌一片。如果按照托尔斯泰的意愿建立一个政府，那么这个政府肯定是无政府主义的。托尔斯泰是一个善于批判而不善于建立的作家。但是在揭示专制制度的腐败与贵族生活的腐朽这一方面，托尔斯泰已经达到了极致。正是从这个意义上，列宁说"托尔斯泰是俄国革命的一面镜子"。

四、近乎神化的平民——俄国的三大基石之一

陀思妥耶夫斯基把土地、人民与东正教看做是俄国的三大基石，人民在他这里具有与宗教同等的意义。神化人民是陀氏后期思想的一大特征。体现在作品中，就是《罪与罚》中以索尼娅为代表的底层人民。拉斯科尔尼柯夫这样的反叛者在探索的道路上误入个人至上的迷途，而只有

代表信仰与爱的索尼娅才能引领他们走出迷途。小说的结尾,苦役犯人都脱帽向索尼娅问好,称她是"我们的母亲,温柔的、最可爱的母亲"。索尼娅这一形象散发出圣母的光辉,具有明显的救赎与拯救的象征意义。在《群魔》中,陀氏借沙托夫的口进一步道出了人民与信仰的关系,并把两者看做是支撑人生意义与价值的支点:"谁要是没有人民,他也就没有上帝!你们想必知道,凡是不再了解自己的人民并跟他们失去了联系的人,全都立刻在同样的程度上丧失了对他们父辈的信任,不是渐渐变成无神论者,就是慢慢变得冷漠起来。"①在最后的巨著《卡拉马佐夫兄弟》中,陀思妥耶夫斯基更提出:俄罗斯人民因为谦卑,所以伟大。

很明显,在陀思妥耶夫斯基这里,人民与上帝经常是混淆在一起的。当站在宗教的立场上,他说:拯救来自上帝;当站在民粹主义的立场上,他说:拯救来自人民。在这里,上帝是体现俄国人民特质的上帝,而人民则是虔诚的、具有拯救意味的人民。人民与上帝的同质性,尼·别尔嘉耶夫说得很透彻:"许多俄罗斯人信仰人民先于信仰上帝,信仰人民多于信仰上帝,并希望通过人民走向上帝。崇拜人民的诱惑是俄罗斯的诱惑。"②

---

① [俄]陀思妥耶夫斯基著,南江译:《群魔》,人民文学出版社 1983 年版,第 48 页。

② [俄]尼·别尔嘉耶夫著,耿海英译:《陀思妥耶夫斯基的世界观》,广西师范大学出版社 2008 年版,第 113 页。

在陀思妥耶夫斯基这里,众多作家艺术家之中,只有在最优秀的人身上才体现出人民性。人民性是这些作家创作的源头活水。在著名的纪念普希金的讲演中,陀氏把诗人的优秀归功于人民:“是人民的精神造就了他,是这种精神的活力造就了他,这种活力是伟大而深厚的。”①

陀思妥耶夫斯基歌颂人民,与无产阶级革命文学有相通之处,虽然在他关于未来拯救之路上并没有暴力革命。

虽然陀思妥耶夫斯基与托尔斯泰都不能说是民粹主义者,也无法证明民粹主义与19世纪俄罗斯文学中的平民崇拜有关,但在某种程度上来说,一曲曲平民赞歌启发了民粹派,催生了民粹派。正是在驿站长维林的苦难面前,彰显出沙皇专制的罪恶;正是在穷人杰符什金的美德面前,上层社会的虚伪冷酷无处遁形;正是在福卡尼奇的智慧面前,衬托出贵族阶层生活之腐朽与毫无意义。

底层平民从悲悯的对象到歌颂的对象,再到神化的对象,成为贵族阶层的精神引路人乃至俄国社会的基石。在19世纪俄罗斯文学中,平民的形象就这样一步步高大起来。

---

①《纪念普希金》,见[俄]陀思妥耶夫斯基著,刘孟泽、李晓晨译:《冬天里的夏日印象——陀思妥耶夫斯基随笔集》,上海三联书店1990年版。

19 世纪俄罗斯文学中的“先知”与“恶魔”

一、19 世纪俄罗斯文学中的“先知”意识

与欧洲人相比，俄国人是更加虔诚的基督徒。欧洲在经历了文艺复兴、宗教改革、启蒙运动以后，人们的宗教意识已被理性思维所取代，或者说已经受到科学理性的规范。正如康德所说，上帝既无法证明其存在，也无法证明其不存在。于是欧洲人不再跟上帝较劲，不再迷恋天国的幸福，转而追求世俗利益和个人幸福。

欧洲自文艺复兴以来，在科学与文化艺术方面取得了突飞猛进的发展。与此相反，俄国在 18 世纪彼得大帝改革前可以说一直生活在愚昧之中，是欧洲人眼中野蛮的北极熊，在世界舞台上是一个不起眼的小角色。彼得大帝锐意改革，率领俄国从野蛮走向文明。俄国从此登上世界历史舞台，努力学习西方的先进文化。

彼得大帝确立了俄国的改革是向西方学习，确立了改革的形式是自上而下。彼得大帝作为一国之主的至尊地

位确实为改革带来了便利,这也是俄罗斯民族的幸运。但他的美好愿望的实现不得不使用野蛮粗暴的手段。据说,彼得大帝经常在宴会上、舞会上拿起大剪刀,剪掉客人所穿的俄罗斯传统服装的宽大衣袖,或者剪掉他们的大胡子。就像马克思所说的,他用野蛮对付野蛮。但正如彼得大帝用行政命令、罚款加挂牌、羞辱三重手段也无法根除俄国人留大胡子的习俗,这种没有经过启蒙、没有发动民众、教育民众的改革,结果当然是不彻底的。

到了19世纪,俄国的革命仍是从贵族、上层社会开始的。19世纪初期,俄国的革命者是十二月党人,这是一群在1812年卫国战争前后接触西方文化的贵族青年。在文学领域里,则以普希金、莱蒙托夫为代表。这些接触西方文化的知识分子受启蒙运动民主、自由、平等观念的影响,受浪漫主义酷爱自由、反叛、叛逆文化的熏陶,起而响应西方先进的文化思潮。俄国贵族革命的目标是指向专制制度与农奴制度,首先损害的是王权与贵族阶级自身的利益,他们也因此成了本阶级的叛逆者。再加上没有发动民众、唤醒民众,他们的思想观念是从西方文化中移植过来的,并没有同俄罗斯文化相接,因此难以得到下层民众的支持。如此历史情境似乎是重蹈彼得大帝的覆辙。

热爱祖国的俄国贵族知识分子就这样走上了历史的舞台。普希金、莱蒙托夫等贵族出身的诗人以基督教中的"先知"自许,向民众宣传自由、民主、正义。先知出自《圣经·旧约》,是在犹太民族面临灭亡前后,犹太知识分子肩负代神立言、警告统治者、唤醒民众的重任，以先知先觉者的姿态引领民众。先知文化与欧洲知识分子的独立批判精神是一脉相承的。俄国虽以《圣经》作为宗教经典，但在继承先知文化精神方面相当欠缺。由于政治制度的专制，没有独立的知识分子阶层，可以说没有西方意义上的先知文化的土壤，但俄国有自己的先知文化基因。从 15 世纪起，莫斯科为“第三罗马”这一观念在俄国就已深入人心。俄国虽然是欧洲的落后国家，但俄国将负起拯救欧洲甚至整个世界的使命这一观念，在俄国绝不会被认为是自大。俄罗斯民族一向具有深厚的“弥赛亚情结”(即“救世情结”)。在整个 19 世纪，俄国知识分子被这种救世情结所鼓动，探寻民族自救之路：“怎么办？”“谁之罪？”即使在当时专制政权的高压下，他们也丝毫没有停息。为此，普希金被流放，陀思妥耶夫斯基差点被枪决，托尔斯泰被监视，车尔尼雪夫斯基被流放、服苦役，还有许多人不得不离开祖国，流亡欧洲，如赫尔岑等。如果说 19 世纪俄国知识分子有满腔热血和铮铮铁骨，那么在这背后就是他们的救世之魂。天赋使命，他们要在这历史的关键时刻担当重任。普希金在《先知》一诗中描述神对他说话，他成了代神立言的先知：

于是上帝的声音对我呼唤：
起来吧，先知！要听，要看，
让我的意志附在你的身上。

去吧，把五湖四海都走遍，
用我的真理把人心烧亮。①

19世纪俄罗斯文学最具先知意味的作品是普希金的《自由颂》：

……
我要给世人歌唱自由，
我要打击皇位上的罪恶。
……
战栗吧！世间的专制暴君，
无常的命运暂时的宠幸！
而你们，匍匐着的奴隶，
听啊，振奋起来，觉醒！
唉，无论我向哪里望去——
到处是皮鞭，到处是铁掌，
对于法理的致命的侮辱，
奴隶软弱的泪水汪洋；
……
要想看到帝王的头上
没有人民的痛苦压积，

① [俄]普希金著，查良铮译：《普希金抒情诗选》（下集），江苏人民出版社1987年版，第163页。

那只有当神圣的自由
和强大的法理结合在一起；
只有当法理以坚强的盾
保护一切人，它的利剑
被忠实的公民的手紧握，
挥过平等的头上，毫无情面。①

诗人仿佛是古希腊神话中敢于反抗宙斯意志而盗火种给人类的先知先觉者普罗米修斯，更仿佛是民族危亡时刻的希伯来，要用真理的火种拯救俄国。在严酷的皇权专制下，诗人以大无畏的气概直截了当地指出：他憎恨皇位，憎恨专制罪恶！他要看到暴君及其子孙灭亡。后来，普希金因为此诗被沙皇流放。诗人倡导自由、民主、平等的立场观念，使他一生都与皇权势不两立。

欧洲已走过启蒙，但俄罗斯文化启蒙的任务相当艰巨。民众的文化基础薄弱，他们匍匐在皇权脚下，"一代又一代，他们承继的遗产/是带响铃的重轭和皮鞭"②。

在十二月党人起义失败后，新上任的沙皇尼古拉一世用残暴的专制统治镇压俄国的革命情绪，被称作"棍棒沙皇尼古拉一世"。而与统治者的残酷相比，人民群众的冷

① [俄]普希金著，查良铮译：《普希金抒情诗选》(上集)，江苏人民出版社1987年版，第251页。

②《我们是草原上自由底播种者》，见[俄]普希金著，查良铮译：《普希金抒情诗选》(上集)，江苏人民出版社1987年版，第499页。

漠更令诗人感到失望、压抑。这些祖祖辈辈在皮鞭下呻吟的愚民，面对为他们请命的诗人，不只是冷漠，甚至是施以迫害。莱蒙托夫的《预言者》揭示了革命者与群众之间可悲的关系：

看哪：这就是你们的前鉴！
他跟我们合不来，太高傲。
蠢东西，他想要我们相信，
上帝借他的嘴巴来传道！①

人长时间生活在敌意的环境中，是非常痛苦的一件事情。所以，革命者时而消极，随波逐流，沉溺于上流社会灯红酒绿的腐化生活，从中自我麻痹；时而灰心失望：

相信吧，渺小就是人世上莫大的幸运。
渊博的知识、光荣的渴望、卓越的才能
和那对自由的炽烈的热爱，有什么用……②

啼血的呐喊无法唤起愚众。诗人心中的怀疑与失望越积越厚，并在心中催发出意欲破坏一切、毁灭一切的否定精

① ［俄］莱蒙托夫著，余振译：《莱蒙托夫诗选》，上海译文出版社 1980 年版，第 321 页。

② 《独白》，见［俄］莱蒙托夫著，余振译：《莱蒙托夫诗选》，上海译文出版社 1980 年版，第 8 页。

神——“恶魔”精神。

二、叛逆与毁灭——19世纪俄罗斯文学中的“撒旦”

（一）普希金笔下的“恶魔”：一种质疑、批判与否定的精神

普希金在诗篇《恶魔》中描述了恶魔的形象。不过，与其说他是一个形象，不如说他是一种精神，一种怀疑、批判和否定的精神，一种对待生活的厌倦态度，一种看透人生的冷漠。他是激情、爱情、美的敌人：

他总是以无穷无尽的诽谤
勾引我的预见未来的眼睛；
他把美叫做空洞的幻想；
他蔑视灵感，不相信自由、爱情；
他是这样讥讽地看待人生——
在自然界，竟没有一件事物
这恶魔愿意给与他的祝福。[1]

在另一首诗《狡狯的魔鬼》中，诗人描述了魔鬼：一种对于英雄的质疑，对于追求自由崇高事业的厌倦，怀疑这

---

① [俄]普希金著，查良铮译：《普希金抒情诗选》（上集），江苏人民出版社1987年版，第495页。

一切的意义所在。而引起这怀疑的,是人民思想意识的普遍麻木和不觉悟。普希金借魔鬼之口质疑十二月党人起义的价值所在;同时,他仿佛也借着魔鬼之眼看到了未来起义的结果。这一次牺牲不过是给了沙皇政府一次大规模杀戮的借口而已。

普希金笔下的恶魔,与歌德《浮士德》中的靡非斯特十分相像,甚至可以说两者有血缘关系。普希金是读过《浮士德》的。《浮士德》中,靡非斯特一边嘲笑浮士德的情感与进取心,一边帮助他达成爱情的渴望,实现他的政治理想,满足他对于美的向往,帮助他建成人间"理想王国"。没有摩非斯特的帮助,浮士德就只是书斋里的学者,只能在头脑里建造"理想王国",现实中会一事无成。甚至有些论者认为靡非斯特这一形象表现了歌德"魔鬼创世"的思想。如果说恶是由人的欲念引起的,那么欲念正是人前进的动力。正是在这个意义上,恩格斯说:"恶是历史发展的动力借以表现出来的形式。"

当然,普希金笔下的恶魔也是诗人自身某些时刻或者某些情绪的真实写照,这是毋庸置疑的。诗人经常放浪形骸,也在情理之中。先知精神令普希金宣传理想,拷问现实;而恶魔意识能使普希金从压抑、黑暗的现实中抽离出来,整理急于求成的情绪,调整前进的步伐节奏。恶魔意识是诗人在现实压力面前的自我保存机制,是冷处理的生存智慧。正如我们自己经常在理想中可以执着于纯粹的善与美,在头脑中构筑理想蓝图;但在现实中,我们必须有点恶魔精神，有点质疑与否定精神，从而能够保持清醒的头脑，适时从现实事件的旋涡中跳出来，冷静地审视事件的价值与意义。把自身与事件隔离，我们才不会被事件裹挟着向前走，才不会在毫无征兆的情况下陷入绝望。

（二）莱蒙托夫的“恶魔”：孤独、骄傲的叛逆者

莱蒙托夫生活的时代，俄国贵族革命的高峰已经过去，诗人身上幽愤的气质正与此相关。恶魔是莱蒙托夫一系列诗篇的主题意象，他在《孤独》、《我的恶魔》、《恶魔》等诗中一再发挥这一主题。尤其是长诗《恶魔》，塑造了恶魔这一浪漫主义形象。他是诗人全部叛逆反抗思想的体现，他是“认识与自由的皇帝”、“上天的敌人，宇宙的灾难”，他反抗压抑、束缚人之理性和自由的一切力量，他还是一切公认规则的破坏者。

恶魔受到了“上帝的诅咒”，不得不离开“主的居所”，而“徘徊在世界的荒野里”。在原来的天庭里，他有朋友，有信仰，有爱情，“不知道什么是怀疑和罪行”。但是，上帝的流放和世人的冷眼使他变成了一个彻头彻尾的个人主义者：

为自己而生活，因自己而苦闷，
老是在进行着没有胜利
没有和解的永恒的斗争！

他对善恶失去感觉，对称誉贬斥不加理会，唯一的痛

苦就是无尽的孤独，即使爱情也不能拯救他。他的“爱”是有毒的，他的“毒吻”毒死了爱人。于是：

傲慢、孤独的他在宇宙间
又孑然一身，没有期望
也没有爱情，同以往一样！

莱蒙托夫似乎是以此诗质疑一切个人主义者，质疑他们甚至连爱的能力都不具备，什么都不能把他们拉出个人的小天地。宇宙很大很大，他的心却很小很小。恶魔的失败说明个人主义的反抗不会有结果。恶魔的失败证明仅仅靠否定、叛逆是不够的。

恶魔反映了俄国贵族革命失败以后，一部分贵族青年不满现实却又找不到出路的孤独、苦闷。他们与现实格格不入，活在异己的环境中，既没有希望，更没有爱情。莱蒙托夫以此形象来反思俄国贵族革命的失败，意欲为俄国革命也为恶魔们找到一条出路。恶魔这一诗歌意象与19世纪俄罗斯文学中的“多余人”形象有着血缘关系。他的孤独、忧郁、骄傲、叛逆等精神特质与“多余人”都是一致的。当贵族革命失去目标与方向，不满现实的年轻人只能沉浸在消极情绪里，消磨心志。所以，恶魔比“多余人”显得阴郁，叛逆的锋芒也更加鲜明。如果说“多余人”对于现实的不满主要是情绪上的疏离，那么恶魔对于现实的不满已经上升到批判的高度。他们对现实有着强烈的毁灭欲望，渴望毁灭一切丑恶、一切束缚、一切压制、一切奴役，希望摧枯拉朽，点燃革命的火炬。所以，他们又与未来的民粹派革命者有相通之处。

在心灵的层面上，恶魔的骄傲、孤独、叛逆、反抗无不与诗人自己的性格一一对应。从某种程度上说，这是诗人心灵的自我写照，也是对自身弱点的自我反省。长诗《恶魔》的写作几乎贯穿了莱蒙托夫一生。这一形象最接近诗人自己的心灵意象。

先知与恶魔就这样通过民主、自由、平等等启蒙理念统一在19世纪初期俄国著名诗人普希金、莱蒙托夫等人的身上。先知与恶魔这两副面孔仿佛白昼与黑夜衔接，表达了诗人执着于理想，又失望于现实，欲摧枯拉朽地革除积弊，又孤独傲慢地鄙视人群，渴望爱情，又走不出自我。诗人敏感的天性本来就是容易走极端的。19世纪初期的俄国诗人就在先知与恶魔这两个极端之间作彻底的探索。正如19世纪初期俄国著名批评家别林斯基所说："他（诗人）一方面比所有的人更高地扶摇直上，另一方面，也许比所有人都更低地沉沦到生活的泥潭中去。"①

我们还可以从恶魔这一形象中看到欧洲文化的影响。毋庸置疑，《浮士德》中的靡非斯特是他的前辈，弥尔顿《失乐园》中的撒旦、拜伦《东方叙事诗》中的拜伦式英雄是他的先祖与弟兄。孤独是他们的宿命，骄傲是他们的性

① 《别林斯基选集》第2卷，上海译文出版社1979年版，第407页。

情，叛逆是他们与现实相处的方式。他们以破坏与否定的态度切入现实。从先知到恶魔，显示了俄国贵族革命者的宿命、个人主义的宿命。实际上，恶魔情结也是他们革命情绪的另类表达。当黑暗势力过于强大，先知的呼声完全被湮灭时，具有巨大毁灭力量的恶魔才有可能划破现实的黑幕。

三、“先知”与“恶魔”的结合——俄罗斯文化的双重构成性

当人们研究中外文化史时会发现，多种民族集聚地的文化在相互交融、碰撞中，会形成一种特别富有活力与创造力的复合型文化。正如只有碰到堤岸，海水才能激起巨大的浪花。二元对立、双重构成，正是19世纪俄罗斯文化活力的源泉。19世纪俄罗斯文化中的斯拉夫派与西欧派、专制制度与民粹主义、民族的自卑与自大等现象，都是对立存在的。这一特点在19世纪俄罗斯文学中也有鲜明的体现。在陀思妥耶夫斯基的反叛主人公与信仰引领者之间，如《罪与罚》中拉斯科尔尼柯夫与索尼娅代表的反叛与信仰的两极，两人之间心灵的碰撞赋予作品以最大的思想情感张力。托尔斯泰作品中热爱生活、执着人性的感性女性系列与探索主人公过分自省过分内倾的内在理智之间也存在着感性与理性的对立构成。《安娜·卡列尼娜》中，安娜无限渴望地追求爱情、感情生活与列文对抽象生命意义的探索，代表了19世纪五六十年代俄国贵族在感性生

活与理性思索方面的状态。俄罗斯当代文化史学家康达科夫认为：

> 俄罗斯文化的每一半在俄罗斯历史发展的每一阶段都靠着与另一半的经常的争论、对抗、冲突、斗争而存在，离开了这种争论、对抗、冲突、斗争，每一半都会失去自身存在的意义。因此，在斗争中一方的“胜利”就等同于它的“失败”，因为这种胜利破坏了整个二元体系的平衡，动摇了“力量均衡”，这样就给俄罗斯文化的完整物带来一些灾难性后果，因为这个完整物丧失了其“生命保障”所必需的圆满。①

如果说，浮士德与魔鬼的结合象征了一种理想的追求与现实可行性的结合、理性与感性的结合、灵与肉的结合，象征着资产阶级上升时期无限的开拓和进取的精神，那么，19 世纪俄罗斯文化中先知与魔鬼的结合则是使命意识与反省意识的结合，是“救世主”与“罪人”的结合。这一结合体现了俄罗斯文化的“双重构成性”。② 在陀思妥耶夫斯基与托尔斯泰等人的创作中都存在这一双重构成性。如果说中庸之道体现了中华民族注重人性修养的冲和，那

---

① 任光宣：《俄罗斯文化十五讲》，北京大学出版社 2007 年版，第 13—14 页。

② 任光宣：《俄罗斯文化十五讲》，北京大学出版社 2007 年版，第 13 页。

么俄罗斯民族则往往在对立面之间寻找真理，这一特质构成了俄罗斯民族文化的两元特性。

普希金是19世纪俄罗斯文学之父，他在许多方面的创作实践都具有一定的开创性和奠基意义。把先知与恶魔集于一身的双重构成，在19世纪俄罗斯文化中同样具有开创意义。双重构成赋予了俄罗斯文学以活力与内在的丰富性。托尔斯泰与陀思妥耶夫斯基的创作都是由此获得了极大的涵盖力。一般读者认为俄罗斯文学博大、厚重，也是与其双重构成性有关。

其实，双重构成在世界文学中也广泛存在着。塞万提斯笔下的堂吉诃德与他的侍从桑丘·潘沙，一个是高蹈的理想主义者，一个则是只关注生计的现实主义者。莎士比亚笔下的哈姆莱特是一个满怀人文主义理想却在残酷现实面前迷惘痛苦、在行动机会面前犹豫不决的王子，他的对手克劳提斯则是一个先下手为强窃取王位的酒色之徒。曹雪芹笔下的林黛玉与薛宝钗也存在这种对位现象：一个外冷内热，一个外热内冷；一个尖酸刻薄，一个贤良淑德；一个感情至上，一个利益为先。这样的对立存在，再加上她们在红楼女性命运判词里是合在一起写的，于是就有了红学中的"钗黛合一"说。

双重构成、对位存在似乎有些夸张、不现实，其实它符合生活的逻辑。正像爱情婚姻中存在的奇特现象："虐待狂"喜欢"被虐狂"，自我中心者吸引有奉献意愿的。它其实也是生命运行的轨迹，正如俗话所说：一个人一直往前走，就会走到他的反面。宋代哲学家张载的“哲学四句教”更深刻地概括了这样的生命哲学：“有象斯有对，对必反其为；有反斯有仇，仇必和而解。”古希腊哲学家赫拉克利特以事物相互矛盾、相互依存、相互转化、相互作用从而达到对立统一概括了世界万物的运行。用黑格尔的话语来说就是，正题和反题必须统一于一个更高的合题。

四、俄罗斯文化的“雄鹰”和“云雀”

浪漫主义作为欧洲文化史上一次反理性运动，表达了欧洲知识界对启蒙运动以来欧洲建立资产阶级理性王国的幻灭情绪，更是对资本主义工业文明异化人性的警觉。自由是浪漫主义者的旗帜，个性解放是他们的姿态，大自然与异域是他们投射感情的地方。反理性表现在生活中就是放浪不羁。所以，多数浪漫主义者给人的印象是桀骜不驯的。

在普希金与莱蒙托夫身上，不仅体现了俄罗斯文化的双重构成性，而且他们也是欧洲的浪漫主义在俄国的回声。他们跟随欧洲先行者的脚步，热爱自然与自由，为人处事更强调个性自我的立场与感受，而不是社会习俗与文化禁忌。他们像先知一样忧国忧民，又像浪子一样放浪不羁。

在欧洲，浪漫主义者却和短命画上了等号，拜伦 36 岁、雪莱 29 岁、济慈 26 岁而卒，平均寿命不过 30 岁左右。纵观他们的一生，都是命运多舛、动荡不安。在这些浪漫主义者身上，表现出才华与命运的悖谬。他们是雄鹰、云雀、夜莺，以带血的青春歌颂人类的自由与解放。他们夭折的青春彰显着生命的骄傲、人的尊严。他们的死亡仿佛一把利刃，割裂现实堂皇的表面，令人看到其中的庸常与虚妄。

如果说欧洲浪漫主义者的短命有几分命运色彩的话，那么俄国浪漫主义者则是现实的牺牲品。普希金、莱蒙托夫正是俄罗斯文化的“雄鹰”和“云雀”，他们的诗歌是俄国自由民主的号角。但与欧洲相比，俄国要落后得多。在一个专制时代，诗人歌唱自由、平等，却既无力唤起民众，更无力改变现实。他们的命运结局比起欧洲同时代的人要残酷得多，也悲壮得多。

雪莱纵舟泛海，死于海。如果从象征的意义来解读，即海是浪漫主义自由的象征，那么欧洲的浪漫主义者在某种程度上得到了自由，享受了自由，也死于自由。他们的命运呈现出自由的悖论：自由是美好的，过度的自由则是有害的，当自由脱离道德、责任等社会规范时，它会让人走向虚无。享受自由又被自由所害的典型是拜伦，如他的纵欲荒唐。拜伦追求自由独立，他死在了希腊民族独立的战场上，可以说，他死得其所。他因此获得自我救赎，洗去了因其荒唐在浪漫主义自由大旗上留下的污渍，并为浪漫主义树立了一座不朽的丰碑。

作为拜伦同时代的人，俄国的浪漫主义者却倒在了统治者的枪口下，在离他们的目标还很遥远的地方，死于专制，死于黑暗。他们的死显示了现实的残酷，他们是黑暗现实的牺牲品。他们的死彰显了历史前进的必然要求与已经死亡的社会制度之间的矛盾冲突。这些先于时代掌握了真理的先知就这样在专制的迫害和愚民的冷漠中死去。

富贵浪子

——19 世纪俄罗斯文学中的“多余人”

在 19 世纪俄罗斯文学中，从普希金的《叶甫盖尼·奥涅金》塑造的第一个“多余人”开始，“多余人”形象系列逐渐后继有人，莱蒙托夫《当代英雄》中的毕巧林，屠格涅夫《罗亭》中的罗亭，冈察洛夫《奥勃洛摩夫》中的奥勃洛摩夫……在 19 世纪俄罗斯文学画廊里，“多余人”形象系列是最琳琅满目的文学现象，也是最耐人寻味的形象系列之一。

一、集体忧郁

“多余人”形象系列最突出的特点，便是他们的集体忧郁。

没有扎根于俄罗斯文化深层，脱离于普通民众，使“多余人”的生存犹如浮萍，这是他们集体忧郁的“生态”原因。拥有许多美好的信念却无法改变现实，这是他们忧郁的社会原因。

“多余人”的命运与 19 世纪俄国贵族革命密切相关。

1825 年，俄国发生十二月党人起义，后被沙皇镇压。俄国的贵族革命也走向衰落。奥涅金这一形象反映的正是十二月党人起义前后俄国贵族青年的思想动向。起义失败以后，俄国革命陷入低潮。贵族阶层的优秀分子既不能与腐败的统治阶级同流合污，充当迫害人民的工具，也无法与人民联手，创造新的生活。他们如一群失去方向的游魂，徒劳地在一些无聊的事情上发泄着自己的无奈。俄国著名思想家、评论家别林斯基认为，《叶甫盖尼·奥涅金》的主题是"歌颂落空了的、未能实现的希望的史诗"。

奥涅金作为"多余人"的第一个代表，体现出这一形象系列的某些本质特征。他的忧郁表现在对于贵族阶级腐朽寄生生活的不适应，于是他不停地在俄国甚至欧洲大地上漫游，任何一件事情都无法完全吸引他。他曾经在彼得堡的社交界流连，但很快就厌倦了与贵妇们的打情骂俏，厌烦了宴会、舞厅、剧院里的纸迷金醉，讨厌浮华世界里的荣誉、上流社会的名声。这个崇尚法语、推崇英法作派的上流社会，对俄国的普通民众来说，虽近在咫尺，却相隔天涯。

从社会属性上来说，奥涅金属于上流社会，但他的心在这里找不到归属感：

他像哈罗德那样忧愁倦怠，
出现在上流社会的客厅里；
无论是流言还是打波士顿，

是多情的秋波、做作的叹气，
什么也不能打动他的心，
什么也不能引起他的注意。

莱蒙托夫笔下的毕巧林同样患上了忧郁病，他厌倦上流社会的生活，在高加索的战斗生活中寻求灵魂的寄托，但即使是与山民的战争，也不能让他渴望风暴的灵魂得到满足。

二、变革与妥协

奥涅金曾尝试读书，但知识不能让他振奋。来到乡下，环境发生了改变，奥涅金以为自己可以从此振作起来，过上有意义的生活。他着手进行土地改革，在庄园里用极少的地租代替世代沉重的徭役。这一改革虽获得农奴们的拥护，却遭到周围地主们的仇视。他们骂他是“最危险的怪人”、“共济会成员”。地主们仇恨的白眼让奥涅金的改革不了了之。

塔吉亚娜是一个外表羞涩而内心火热的姑娘，奥涅金一开始就感觉到她与京城社交界轻浮的贵妇人们不同。塔吉亚娜向他表白感情，坦诚、信任，让他感受到与逢场作戏完全不同的质朴的情感，但他无法担当一份真挚的爱情，于是拒绝了塔吉亚娜。

与连斯基的决斗让奥涅金失掉了生活中唯一的安慰，也显示了奥涅金性格的软弱。连斯基是奥涅金唯一的朋友，是一个纯真的诗人。奥涅金对塔吉亚娜的妹妹奥尔迦并没有好感，却仅仅因为无法面对塔吉亚娜的尴尬、激动而迁怒于连斯基。为了刺激连斯基，奥涅金一再挑逗他的未婚妻奥尔迦。当连斯基愤怒地下了决斗战书，奥涅金既不敢拒绝决斗，更没有勇气道歉，终于一错再错地杀了自己的好朋友。奥涅金并不认同上流社会动辄用决斗来捍卫荣誉的陈腐做法，却不敢承担反抗陈规陋习带来的虚名的损失。也就是说，奥涅金只因害怕“胆小鬼”的指责而杀掉了自己的朋友。这一行为充分说明奥涅金这样的贵族空有变革现实的愿望，行动中却处处妥协。他们在本质上不可能成为俄国革命的力量。

思想与行为的矛盾在罗亭身上表现得更加鲜明。《罗亭》反映的是19世纪40年代俄国贵族青年的精神状态。在宁静的俄国贵族庄园里，生活单调沉闷。一切仿佛都睡着了，一切都按古老的习俗和节奏运转着。真理掌握在老一辈人手里，年轻人需要接受父辈的安排，生活按部就班地继续着。罗亭的到来打破了这里的沉寂。他闪光的思想、激情的言辞仿佛一把利刃，划开了生活的帷幕，让年轻人看到了现状的腐朽与黑暗。贵族少女娜塔莉亚沉睡的心灵被唤醒了。罗亭关于自由、尊严、牺牲等问题的演说，令娜塔莉亚夜不能寐。她像一个被点燃的火把，准备抗拒母亲给她安排的婚姻，跟罗亭出走私奔，去争取自己的自由与幸福。但在这样重大的责任面前，罗亭退却了。

与奥涅金和毕巧林相比，罗亭有着明确的目标、清晰的思想、能够煽动人心的语言能量、鼓舞人心的力量，但罗亭彻底失去了一切行动能力，他延续了奥涅金变革现实的愿望，并把这愿望付诸华美的辞藻，但在行动力方面怯于行动。他们演变成了“语言的巨人，行动的矮子”。这种演变真实地反映了19世纪俄国现实政治力量的转化。

在“多余人”形象系列中，最富有革命激情的是罗亭，仿佛是贵族革命的回光返照。

在行动面前，罗亭显示出语言巨人的“软肋”，他没有经受住行动的考验。罗亭这一形象体现了俄国19世纪40年代贵族知识分子的某些本质特征。高尔基认为，罗亭身上凝聚了巴枯宁、赫尔岑甚至屠格涅夫等作家的一些特质。

罗亭最终参加了法国革命的街垒战，并献出了生命。这说明他是一个纯粹的革命派而非口头上的。但在本国，他找不到革命的土壤，我们从中可以看到俄国贵族革命家的无奈。

当然，罗亭最终参加革命这一情节是作者后来加上的，据说是屠格涅夫受不了别人对罗亭的褒贬。屠格涅夫的另一部小说《父与子》则反映了俄国出现了新的革命力量——平民。《罗亭》是俄国贵族革命时期的终结者，以一个告别的形象姿态出现。与其他“多余人”相比，罗亭有着更为强烈的革命情结，作为革命的演说家与鼓动家，他已完成了自己的历史使命。在小说的结尾，曾经嘲笑过罗亭的人认识到了他的价值。其实，罗亭已经把贵族知识分子的革命能量发挥到了最大限度。

三、从“多余人”到“废人”

把奥涅金与后来的“多余人”加以比较是非常有趣的事情，可以从中看到俄国上层的优秀分子如何在现实中从“多余人”变为“废人”。

在奥涅金身上还有十二月党人的影子，还有许多正面的力量。他曾经渴望读书、写作，曾经尝试着搞土地改革，而且真得让农民得到了好处。他的激情和学识，在偏僻鄙陋的俄国乡间，点燃了塔吉亚娜对于爱情与生活的向往。虽然奥涅金拒绝了这一美好纯洁的爱情，但这里面毕竟也有他自己的美好。他就像酵母，让死寂的乡村发酵出一些美好的东西；如同一粒石子，激起了沉寂的古潭，唤醒了一群不甘寂寞的灵魂。在普希金最初为长诗所作的构思中，他希望自己的主人公度过有意义的一生，他或者战死在高加索，或者成为十二月党人。所以奥涅金身上还是有许多正面的能量的。

莱蒙托夫《当代英雄》中的毕巧林是一个贵族军官。与奥涅金一样，在小说中出现的毕巧林已经厌倦了上流社会的生活，所以来到高加索服役。在这之前，毕巧林与有夫之妇私通，与公爵小姐调情，消遣走私犯，与军官赌命。在高加索，毕巧林追求土司的女儿贝拉，到手后却马上厌倦，致使她伤心憔悴，出走营地，却落入敌人之手，终致丧命。毕巧林因此感到更加烦躁愧疚，遂离职到国外旅游，回来后不久死去。

与奥涅金相比，毕巧林有了更加强烈的行动愿望，但他失掉了像奥涅金那样清醒的头脑。如果说奥涅金面对现实只是感到无力改变，美好的理想无法战胜冷酷的现实，因而陷入抑郁，那么毕巧林的情绪中则有了更多的狂躁。他似乎看透了现实是以一己之力所无法改变的，在这样的社会中过上幸福生活的机会是没有的。即使爱情降临、美人陪伴，他的灵魂也无法得到满足，他的心灵已排除掉幸福的可能性了。所以，当朋友劝他珍惜贝拉时，毕巧林说："一个蛮女的爱情比起上流社会贵妇的爱情来并不好多少……为着一些十分温馨的瞬间，我是很感谢她的，我情愿为她牺牲，只不过我跟她在一起就感到厌倦……我的灵魂已被尘世所毁，思想混乱，内心没有满足；一切在我都平淡无味。"除了强烈的批判意识，毕巧林身上已没有多少正面的能量。

如果说奥涅金被抑郁控制了，那么毕巧林就被狂躁控制了，他的狂躁纯粹变成了生活中的破坏力。这股力量不仅对现实具有破坏性，对主体自己也具有相当的破坏力。这一形象反映了十二月党人起义失败以后，俄国革命失去方向、没有头绪的混乱状况。革命的情绪还在，而且随着现实问题的积累，这种情绪变得更加强烈，但这股力量找不到发泄的出口，只能伤人伤己。仿佛是一只雄鹰，怀着翱翔蓝天的梦想，却不得不在现实的泥淖里挣扎。俗话说：眼睛是心灵的窗户。但毕巧林即使在笑的时候，眼睛也不笑。他的心灵已被现实冰封、压抑。毕巧林就是俄国19世纪30年代革命现状的写照,也是诗人灵魂的自我写照。在革命的低潮期,在压抑的现实环境中,年轻人的才华、激情只能演变成内心的痛苦与折磨。正如莱蒙托夫在《独白》诗中所说:

> 相信吧,渺小就是人世上莫大的幸运。
> 渊博的知识、光荣的渴望、卓越的才能
> 和那对自由的炽烈的热爱,有什么用,
> 如果是我们根本不能去享有它们?
> ……
> 在祖国仿佛使人心头感到万分沉重,
> 窒息得透不过气,心灵也时时在哀伤……
> 也不知道什么是甜蜜的友谊和爱情,
> 我们的青春在无谓的风暴中痛苦着,
> 怨恨的毒素使它很快地蒙上了阴影,
> 而无情的人生之酒我们只感到苦涩;
> 任什么都不能给心灵带来一点欢欣。①

毕巧林这一形象充分反映了俄国19世纪30年代贵族革命低潮期的现实特点。

---

① [俄]莱蒙托夫著,余振译:《莱蒙托夫诗选》,上海译文出版社1980年版,第8页。

到罗亭，空有满腹理想与激情，却在现实中处处碰壁，最终一事无成，成了众人怜悯嘲笑的对象。

“多余人”形象的终结者是冈察洛夫笔下的奥勃洛摩夫。这个庄园贵族空有满腹改革现实的梦想，却连最基本的生活行动力都不具备，日常饮食起居需要人的照料。他渴望爱情，当爱情来到的时候，他想到与结婚有关的一系列烦琐的日常事务，就叹气，继续睡觉。奥勃洛摩夫已堕落成一个离不开床和沙发的废物。这一形象也预示着寄生腐朽的贵族阶层已完全丧失了活力，属于他们的时代已彻底结束了。

从奥涅金到奥勃洛摩夫，“多余人”形象系列演绎了从“启蒙者”到“废人”的转变，他们对现实的影响力也几乎降为零。

四、“多余人”是俄欧文化交融的产儿

“多余人”形象伴随着俄国贵族革命的崛起、低潮、转机及最终退出革命舞台，体现了俄国贵族革命的某些特点以及先天的局限性。一般认为“多余人”的忧郁、无力感是因为他们脱离群众。其实，不是他们脱离群众如此简单，他们还脱离了自己祖国本土文化的“根”。这表现在他们大多受的是西式教育，欲用西方的启蒙理想来改革俄国的现实。这样，在条件不成熟时，他们便觉英雄无用武之地，报国无门。

其实，这从俄国贵族革命的起因就已露出端倪。1812

年的卫国战争打开了一个与西方文化交流的窗口。最先接触西方文化的，便是这些能够接受良好教育的贵族青年。俄国赢得了卫国战争的胜利，但在与西方文化的碰撞之下不能不承认自己的落后，所以这些贵族青年的革命情怀是以西方进步文化为坐标的。在俄国大地上移植西方文化的冲动是这次革命的伟大目标。因革命的根基一开始就是从外部产生的，所以革命之花在俄国大地上没有适合的土壤，难以植根结果是意料之中的事。

“多余人”形象兴起时，正是欧洲浪漫主义思潮风起云涌之际。我们可以把“多余人”看做是浪漫主义在俄国的回响。这些人的身上很明显带有拜伦、贝多芬等浪漫主义英雄的影子。从奥涅金的忧郁漂泊，我们可以看到拜伦一生四处漫游的身影；从奥涅金只能从女人与爱情中寻求慰藉，我们可以发现拜伦放荡不羁的影子。后一点甚至可以在塔吉亚娜那里得到印证。塔吉亚娜在奥涅金的书房里看到拜伦的诗集，并且感到了他与拜伦精神的相似性。而毕巧林的狂傲与贝多芬的气质十分相近，这是一个因高出现实而与现实无法调和的浪漫主义灵魂。而从罗亭这一形象我们也能够看到革命的预言家雪莱的特质。这些“多余人”身上的闪光点正是欧洲浪漫主义精神的投射。所以，“多余人”现象始终与欧洲文化一脉相承，息息相关。但是，奥勃洛摩夫除外，他身上几乎没有西方文化元素，缺乏进步性与先进性，成为地地道道的“多余人”。

托尔斯泰出走背后的文化冲突

一、离家出走

1910年10月28日凌晨，82岁高龄的托尔斯泰在家庭医生的陪伴下离家出走。10天后，他因感染严重肺炎于俄国的一个偏远小镇阿斯塔波沃病逝。

关于托尔斯泰离家出走的原因，评论界主要有这样几种看法：

第一，世界观转变后，无法协调托尔斯泰主义与生活方式之间的矛盾。一个号召“平民化”的精神领袖，自己却仍然住在豪华的地主庄园中，他无法承受世人“虚伪”的指责。

第二，夫妻矛盾无法调和。无论是当时的俄罗斯文学界，还是托尔斯泰的部分家人及后世的部分论者，都认为托尔斯泰的出走，是因为在他世界观转变后，与其夫人在思想观念上产生了严重的矛盾冲突。导致矛盾升级的是托尔斯泰夫人一直查看他的日记，并认为自己有权分享他所有公开与隐秘的思想。她一天到晚寻找作家最新的文字,令托尔斯泰不胜其扰。当她又一次深夜在书房里寻找丈夫的遗嘱和日记时,托尔斯泰实在愤怒了,遂以离家出走来抗议。夫妻矛盾导致托尔斯泰离家出走的说法,因托尔斯泰留给妻子的信而显得更加令人信服。他在信中写道:

> 我的出走将使你伤心。对于这一点,我是很遗憾的,但是请你理解并且相信:我不能不这样做。我在家里的处境已经变得无法忍受了。
>
> 除去其他原因外,现在我再也不能像过去那样过奢侈豪华的生活;我的做法跟我这种年龄的老人通常所做的一样,就是离开世俗生活,离群索居,在僻静的地方度过残年。
>
> 请理解我这一点;如果你打听到我的去向,也不要来找我。你来只会使你我的处境变得更糟,而且也决不能改变我的决定。感谢你跟我忠实地生活了四十八年。请宽恕我在你面前所犯的一切过错;我同样也真诚地原谅你在我面前可能有过的一切过错。我劝你要安于我出走给你造成的新处境,并且不要对我抱有恶感。假使你有什么事要告诉我,那就请你告诉萨莎,她会知道我的地址的,并且会把必要的事转告我。我的地址,她是不会讲的,因为她答应过我不告诉任何人。

第三，对死于非命的本能恐惧。其实，在托尔斯泰离家出走的原因中还有一个原因，长期以来被忽视了，就是他对生命的一种本能的恐惧。在20世纪初期俄国革命风起云涌的年代，底层民众赤裸裸的贫困使托尔斯泰仿佛看到了几年后他们发出的愤懑的怒吼与复仇的杀气。这种杀气甚至早在40年前，托尔斯泰就已经在潜意识中感觉到了。1869年，托尔斯泰离家外出，深夜，在阿尔扎马斯的旅馆里，他忽然感到了一种前所未有的死亡恐惧，文学史上称为"阿尔扎马斯的恐惧"。一般观点认为这是形而上的，没有具体的原因，是作家拷问生命意义的绝望，是托尔斯泰的中年精神危机。但也有另一种说法：托尔斯泰是做了一个噩梦，梦中的他被农民杀死。醒来后，梦中的恐惧不仅没有消除，反而感觉到切切实实的恐怖。虽然一般论者采纳前说，但笔者认为，后一种说法应该更符合托尔斯泰的心理特点与现实状况。联系到十月革命后俄国贵族地主阶级的命运，完全可以说：托尔斯泰的这个噩梦是一个天才的预言。他百分百地预见到了自己所属阶级在未来的可怕下场。

不管是思想观念与生活方式的矛盾，或者夫妻之间过度干涉隐私而无法达成谅解，还是出于对革命暴力的恐惧，在托尔斯泰离家出走这件事情上，它们不是非此即彼的，而是亦此亦彼的。可以说，在意识的层面上，思想观念是根源，而夫妻矛盾是导火索；但在潜意识层面上，对于暴力革命的本能焦虑与恐惧应是直接的诱因。

二、深层恐惧、价值观与幸福观

知识分子与普罗大众，这是 19 世纪俄国社会的一个二元对立。托尔斯泰的幸福观却是要把两者统一在自己身上，并且非常吃力地在扮演这个角色，及至最终酿成家庭悲剧、生命悲剧。

这种要消灭等级对立、减少贫富悬殊、消除阶级矛盾的努力，很多人将其看成是托尔斯泰救世的企图，是改造世界的药方。如果说托尔斯泰的最初动因是“自救”，可能很多论者、读者对此无法接受，但事实的确如此。虽然“自救”的说法不被一般托尔斯泰论者采纳，但对地主阶级可怕命运的预感，确是托尔斯泰世界观转变的深层原因。

无论是世界观的转变还是最终的出走，对革命暴力的恐惧始终是压在托尔斯泰心头的一块石头。“平民化”正是他的自救之路。

俄国著名作家屠格涅夫和思想家、评论家梅列日科夫斯基都认为托尔斯泰是一个非常自我的人。屠格涅夫认为在《安娜·卡列尼娜》中，列文身上最主导的性格就是他的自我封闭，始终活在自我的世界中，并认为托尔斯泰特别注重自我感觉，活得非常自我，以致很难与周围世界相协调。而梅列日科夫斯基则认为，托尔斯泰很擅长从肉体上描写人物，他的人物都有某种“肉欲化”倾向。这与陀思妥耶夫斯基擅长解剖人的灵魂是完全不同的。

屠格涅夫与梅列日科夫斯基生活的时代差不多相差

半个世纪，但他们对托尔斯泰的看法几乎相同，虽然在一般的托尔斯泰论者中似乎并不接受这一说法。但很显然，托尔斯泰是一个本能和潜意识特别活跃的人，他中年时的精神危机，渴望自杀，正是死亡焦虑的另一种表现。而这一类型的人往往具有超凡的预见力。

当然，一切并非都归于本能。托尔斯泰踏上出走之路，也是他思想轨迹的合理演变的结果。

在托尔斯泰的天性中，有一种强烈的对于公平、平等的追求。还在童年时代，穷人家的女孩卡坚卡的一句"你们有钱，我们穷"就让小小的尼科连卡羞愧无比，在他幼小的心灵里埋下了罪感，这种因为财富带来的罪恶感伴随了托尔斯泰的一生。

"众生平等"是托尔斯泰从小就具备的价值观。在青年时代，他更接受卢梭等启蒙思想家的影响，把不平等看做是社会罪恶的起源。但他作为一个贵族地主、一个多产的作家，在名望、财富、地位等方面都处于社会的上层，所以在他看来，自己正处于罪恶的源头。通过为农民子弟办学、资助周围贫困的农民、放弃稿费版税等方式，托尔斯泰用做慈善来减轻自己的罪恶感，减少良心的不安。当这些做法不能奏效时，他选择放弃贵族地主的生活方式，像一个普通的俄国农民那样穿粗布衣服，下田耕地，吃粗茶淡饭。但这一切并没有改变俄国大地上的苦难与罪恶。托尔斯泰多次写信给沙皇，劝其放弃专制制度，呼吁革命者"勿以暴力抗恶"，但双方都不予理睬。革命者嘲笑他，

1908 年托尔斯泰八十寿辰时,列宁甚至写信嘲讽他为“歇斯底里的可怜虫”;统治者则以革除他的教籍、搜查他的家作为回应。

似乎一切可以做的都做了,但托尔斯泰还是找不到内心的宁静,良心无法安宁。他晚年的日记都是关于贫富悬殊而带来的痛苦、不安的感受:“非常痛心,骄奢淫逸——老爷的王国;可怕的贫困——没有烟囱的小茅屋。”“我二十多年来一直憎恨我的产业,我不需要它,也不可能需要它。”“不能再继续做掠夺者。”“不能再继续生活在奢侈的环境中。”他认为继续做地主、过贵族生活,就是对那些贫苦农民犯罪,就是那些农民贫困、死亡的罪魁祸首,就是人间苦难的制造者!

老年人特有的反省精神更增强了托尔斯泰的罪恶感。

财富、奢侈生活是托尔斯泰晚年罪恶感的根源。虽然这种罪恶感从他童年时代就已经具备,但与晚年相比,还是有质的不同。越来越强烈的罪恶感除了来自现实社会的矛盾深化、底层民众生活越来越艰难外,也与托尔斯泰自己的人生不同阶段相关。人在青少年时代,往往意气风发,充满了行动的欲望,认为可以改造世界,思想与行动是一致的。而到了中老年阶段,一些人往往任性而为,变成所谓的“老小孩”;一些人足够成熟,看透了社会规则,到了随心所欲而不逾矩的境界;而另一部分人则往往陷入反思与反省之中。这时的人似乎有两个灵魂:一个在行动,一个在观照;一个是现实主义的,一个是理想主义的。当行动的灵魂不符合观照的灵魂时，就会陷入矛盾与纠结之中。当矛盾冲突严重时，人就会陷入强烈的内心冲突，甚至精神变态。

三、知识分子与民众的关系

19 世纪俄国很多知识分子对人民的赞美不吝溢美之词，如陀思妥耶夫斯基在《卡拉马佐夫兄弟》中借佐西马长老之口称赞俄国人民越是卑微，越是伟大；普希金、果戈理、屠格涅夫等人也对俄国民众赞赏有加，托尔斯泰更是把民众看做是拥有至高智慧之人。知识分子在对社会进行批判时，把底层民众当做是潜在的支持者、道义上的同道者，他们甚至以为自己可以同时既是知识分子，又是民众的一员。但普通的俄国民众显然对此并不认可，知识分子在他们眼里仍是“老爷”，是剥削者。19 世纪末至 20 世纪初期的俄国历史表明，知识分子对社会的批判可以帮助革命者唤醒民众，但他们既不能成为革命的主力军，革命后也不能成为掌权者，能被当做同路人已经是十分幸运的了。多数情况下，因为对于理想的执着和个人独立的立场，知识分子往往会站在统治者的对立面。

四、知识分子做不了救世主

知识分子只是这个社会的观察者、思考者、批判者，文学家不过是使用艺术形象的手段表达对生活的观察与思考，这是他们的使命职责所在。但如果他们高估自己，一定要做苦难众生的救世主，笔者认为，那是吃力不讨好的事情，也是他们所无法胜任的。这种救世主情结不仅在19世纪的俄国，古今中外其实都不乏其例，但最后几乎都以失败告终。中国当代先锋作家洪峰的经历就是知识分子这一冲动的最新案例。21世纪初，作家洪峰来到云南会泽金钟镇马武村定居。刚来到马武村的作家满腔热血，想带领村民种植药材，养野猪，帮村民修路，办学，一句话，他想改变这个偏远地区乡村人民的生活状态。但七八年下来，洪峰与村民的关系发生了巨大的变化，由最初的热诚到后来的疏离，心中彼此有了对立情绪。直到2012年1月的一天，洪峰和村民发生了激烈的冲突。

洪峰的乡村生活最后以身体与灵魂的双重受伤而结束。这一事件发生后，洪峰谈道："知识分子对农民的认识和评价更多是他们自己一厢情愿的说辞，事实可能是农民的生存现实、农民的意识跟知识分子们以为的完全不是一回事情。"①

"人往高处走"，这是社会常态中人们的幸福观念。托尔斯泰的幸福观却反其道而行之。这与19世纪俄罗斯文化中的民粹派思想影响相关，也是托尔斯泰以天才的预见力应和着革命形势发展的需要。

但过早地预见命运尤其是厄运，未必是好事。在时机未成熟时，个人的努力未必会产生好的效果。如托尔斯泰

① 夏榆：《先锋作家前传》，《南方周末》2012年4月19日D27版。

这般极力去做一个平民，企图脱离自己的出身阶层，但阶层的藩篱靠个人的力量是很难挣脱的。离家出走的托尔斯泰在最初的兴奋过后，他想要通过出走获取的归属感、做人的坦荡感不知是否找到了，但疾病似乎不会很快落到一个心满意足的人的身上。也就是说，最初的兴奋过后，托尔斯泰的心中可能不胜凄惶。

托尔斯泰的离家出走，除了导致妻子的绝望、家人的惊慌、媒体的轰动外，最直接的结果就是导致了他的疾病和死亡。

还是伏尔泰悟到了幸福的真谛："种好自己的园地要紧。"

托尔斯泰的道德智慧观

作为一个作家,托尔斯泰是无可争议的大家,但他的道德观、智慧观,无论在当时还是后世,都存在着诸多争议。

一、爱是人生最高的意义

在《战争与和平》中,托尔斯泰塑造了两个智慧的代表人物:农民卡拉达耶夫和俄军的统帅库图佐夫。卡拉达耶夫体现的是精神的智慧,或者说是宗教的智慧。卡拉达耶夫们不会钻牛角尖,追问生活的目的和意义,他们认定人生的目的是善,爱亲人,爱生活,爱上帝。他们像牛马一样辛劳地付出,收入却微不足道,但并不计较,他们安命乐天。不管环境如何险恶,他们都能找到安身立命之道。正像老子所提倡的,他们像水一样,"善利万物而不争"。如《安娜·卡列尼娜》中的福卡尼奇就是这一法则的体现者。当列文因找不到人生的意义而几乎要自杀时,福卡尼奇一句"人是为上帝活着"的话让他豁然开朗。

卡拉达耶夫们体现的是一种奉献、牺牲式的人生观。

自私是人的本性，但这些俄国农民似乎有某种灵性，他们找到了实现人生最高境界的道路，无须引导，不用学习。

二、真正的智慧是顺势而为

卫国战争中的俄军元帅库图佐夫体现的则是在奔腾的生活激流中捕捉真知的能力。这种智慧并不是简单的生存之道。英国哲学家以赛亚·伯林在他的《刺猬与狐狸》一文中这样描述这种智慧：

> 所谓智慧，一能斟酌而承认我们在其中行动的不变（至少非我们所能改变）媒介——例如我们一切经验都带有时间与空间特性，此时间与空间之普泛性即是必须斟酌之事；二能多多少少有意识地斟酌“无可避免的趋势”、“无从称量的至轻至细之物”、“事物的动向大势”，而妥为因应。①

这是一种生命的智慧。它不是头脑智慧，不属于科学与知识领域，而属于经验世界。它仿佛是一个民族通过集体无意识传递下来的远古智慧，是对宇宙取向无可言喻的感悟，谓之“现实感”，谓之生命正道之“知”。

真正的智慧之人，如库图佐夫，他之所以能参透宇宙

---

① ［英］以赛亚·伯林著，彭淮栋译：《俄国思想家》（第二版），译林出版社 2001 年版，第 87 页。

之道,不是因为他有知识,也不是因为他的演绎与归纳推理能力,而是因为他见地比较深远,见人所不见。他能见得何物与何物相合而何事与何事绝难一致;他能看出何事可能而何事不可能、人如何生活及人生目的何在、人如何行动、人为何如此行动以及为何应该如此行动等。此见并未传出关于宇宙的任何新消息,而只是悟见至轻难量之物与可得而称量之物的交互作用、一般事物或某一特殊事物的"形状"。凡此,不是任何科学定律可以推演的,它属于洞察力。

托尔斯泰所描述的这种状况,老子在《道德经·第二十一章》里早作了概括:"道之为物,惟恍惟惚。惚兮恍兮,其中有象;恍兮惚兮,其中有物;窈兮冥兮,其中有精;其精甚真,其中有信。""道"作为事物的客观规律,是确实存在而又看不见摸不着的,只能靠心灵感知把握。在老子的智慧哲学中,最高的智慧不是"技"、"巧"、"术",它与事物的关系是"挫其锐,解其纷,和其光,同其尘",它藏匿锋芒,化解纠纷,与事物浑然一体。正所谓:"大音希声,大象无形。"强调真正的智慧不沉溺于形式,不追逐力量的强大,不因为技巧、谋略高超而骄傲跋扈。

智慧的行为在托尔斯泰看来,不是像拿破仑那样以为自己可以创造历史,可以做时代的主人,可以扭转时代车轮的方向,决定时代的走势,而是能够把握事物发展的规律,认清历史的走向,顺势而为,转换成道家哲学的语言就是"无为而治"。就历史与人的关系来说,是时代决定人,而不是人决定时代。一句话,像拿破仑那样的"英雄造时势"不过是辉煌一时,最终会走向失败。而库图佐夫是"时势造英雄",这才是真的英雄。

陀思妥耶夫斯基在其作品中也否定了像拿破仑所代表的竞争、强势、掠夺等人生法则。他的反叛主人公的行为逻辑即拿破仑式的为所欲为,以犯罪、崩溃宣告了拿破仑式人生的破灭。

拿破仑式的强势人生法则体现了资本主义上升时期资产阶级的竞争法则,弱肉强食,适者生存。歌德笔下的浮士德以一种正面形象在某种程度上体现了这种法则,即永远探索,永不满足;丹尼尔·笛福笔下的鲁滨逊形象更准确地体现了这一法则,具有冒险精神,用火枪与《圣经》为工具。这一生存法则永远以利益为目的,而与道德缺乏亲和关系。

三、更具东方特色的智慧观

俄国横跨欧亚大陆,其文化兼具东西方特色,而以托尔斯泰与陀思妥耶夫斯基等人为代表的智慧观及其价值观更具有东方特色。它与古希腊苏格拉底与柏拉图为代表的智慧观完全不同。苏格拉底虽自谦地说唯一知道的事是自己的无知,但他还是想探讨一条求知之路、智慧之路。他的"知识助产术"教人们剥开纷乱的现象看到事物的本质,走的是形而上的路子。柏拉图则按照老师苏格拉底的思路走下去,他的"理念"是世界的最高形态,也是在对现实世界进行形而上的概括。这个理念虽然存在于另外一个世界，但不过是把苏格拉底的“本质”偷换过去而已。亚里士多德的哲学看起来虽然与老师柏拉图不同，他的“形式”是在此界的，而且具有物质的形态，但这个“形式”依然不过是把柏拉图的“理念”拿到现实世界中来。所以，古希腊的智慧基本走的是“形而上”的路子，即在现象背后寻找事物的本质。

所以说，西方的智慧是求真的智慧，它把真理放在至高无上的地位，而每个人对于世界的认识都是基于个人的感知。西方的价值观从它的源头起就具有民主、自由的因子，自由与民主就成为西方社会重要的价值观念。虽然这一观念在中世纪曾一度断裂，但其基因仍在，一旦时势合适，它就会破土而出。

而托尔斯泰所倡导的智慧是生存的智慧，也是“方向智慧”。它导向的不是对于客观世界的认识，而是对于人类社会运动规律的把握。如果说西方价值观很容易导向主客对立，把人的自我过分放大，从而导致个人主义，那么托尔斯泰式的东方智慧并不把个人与客观世界分离开来，而是强调更好地认识把握人类社会的运动规律，更好地顺应时势。在人与客观世界的关系上，他强调的不是突出人的主体性，而是人如何消弭于人群中，如水渗于沙中；在人与人的关系上，更不提倡西方的个人主义立场，而是强调联合，强调集体主义。总之，托尔斯泰式的东方智慧是在关系、动态中把握事物的走向。托尔斯泰就是具有这种智慧的人,他提前将近 40 年就准确地判断出俄国社会的走向,并且提前做好应对:做一个自食其力的劳动者。如果托尔斯泰足够长寿,能活到俄国十月革命胜利,他应该为自己先知一般的洞见而感到欣慰。

与西方倡导竞争、进取的价值观不同,托尔斯泰式的东方智慧吸收了印度佛教的虚静禁欲以及中国道家的去智去巧,当然,还有卢梭的回归自然、返璞归真等理念。

正是由于这样的智慧观、价值观,托尔斯泰推崇草根智慧,他认为草根阶层具有一种仿佛是动物本能一般的把握事态情势、判断未来走向的能力。其实,这种能力在草根阶层是极其罕见的。大多数时候民众是盲从的,他们被动地为事件所裹挟着,无法像托尔斯泰一样看清未来的面目。

陀思妥耶夫斯基与托尔斯泰

陀思妥耶夫斯基与托尔斯泰是俄国19世纪中期两位文学大师。他们相互欣赏，却缘悭一面。否则，19世纪俄罗斯文化可以期待孔子见老子一般灿烂的文化火花。

在古希腊诗人阿奇洛克思的诗篇里有一句："狐狸多知，而刺猬有一大知。"英国思想家、评论家以赛亚·伯林对此的解释是：狐狸机巧百出，而不敌刺猬一计防御，并由此引申出作家、思想家的两大类型：把一切思想观念统摄到一个系统的刺猬型和思想、观念零散或漫射、在许多层次上运动的狐狸型。柏拉图、但丁、黑格尔、陀思妥耶夫斯基、尼采、易卜生等人属于前者；而亚里士多德、莫里哀、歌德、托尔斯泰等人则属于后者。

很多人喜欢把托尔斯泰与陀思妥耶夫斯基拿来比较。19世纪俄罗斯文学之所以取得如此辉煌的成就，引起世界的注目，很大程度上是因为托尔斯泰与陀思妥耶夫斯基。他们两个是19世纪俄罗斯文学的双峰。他们生活在同一个时代，价值观十分相近。在19世纪俄罗斯文化的社会形势中，他们都倾向于以宗教道德拯救时代。在他们的创作中,主人公的人生探索旅途最后到达的高度往往都是宗教救赎。

这两位文学大师有许多相同点,高尔基曾经比较了他们的相似之处:"请看陀思妥耶夫斯基与托尔斯泰有许多相符之点——主张个人的绝对自主,要求和谐,承认某种超然物外的超人意志,最后,顺便抛出一种不平常的无为思想!"[①]他们还在这一观点上彼此吻合:"人类生活不可能靠理智的力量和谐地建立起来;推动的力量,未来的主要前提,不是合理主义,而是神秘主义。"[②]

托尔斯泰与陀思妥耶夫斯基有很多相同点,但他们也有着更多的不同。

一、俄罗斯文化的"酒神"与"日神"

尼·别尔嘉耶夫在《陀思妥耶夫斯基的世界观》一书中把19世纪俄国两位伟大的作家作了比较。他说:"陀思妥耶夫斯基依据人的精神领悟生命,托尔斯泰依据自然的心灵领悟生命。"[③]"托尔斯泰的艺术是阿波罗的艺术,陀思妥耶夫斯基的艺术是狄奥尼索斯式的艺术。"[④]

在比较托尔斯泰与陀思妥耶夫斯基的说法中,再没有

① 林焕平:《高尔基论文学》,广西人民出版社1980年版,第188页。

② 林焕平:《高尔基论文学》,广西人民出版社1980年版,第188页。

③ [俄]尼·别尔嘉耶夫著,耿海英译:《陀思妥耶夫斯基的世界观》,广西师范大学出版社2008年版,第10页。

④ [俄]尼·别尔嘉耶夫著,耿海英译:《陀思妥耶夫斯基的世界观》,广西师范大学出版社2008年版,第10页。

比“日神”与“酒神”更能透彻地说明两位作家的本质区别了。“日神”、“酒神”的概念出自尼采的《悲剧的诞生》,尼采用这两个概念来描述两种不同的美学形态。

“日神”即古希腊神话中的“太阳神”阿波罗,是12位奥林匹斯主神之一。宙斯与暗夜女神勒托的儿子全名为福波斯·阿波罗,意思是“光明”或“光辉灿烂”。阿波罗掌管文艺、医药、青春、音乐等,有预言能力,驾着金光闪闪的太阳车,才艺满满,永远年轻,是古希腊神话中最英俊的“青春偶像”、男性魅力的典型。作为美学概念上的“日神”,是“造型”艺术之神,体现的是“梦”的精神。艺术敏感的人专注于梦,因为他要根据梦的意象解释生活的意义。这里,是在象征的层面上使用梦的概念,即梦想、理想之意。从美学的角度来说,“日神”艺术是和谐、优美、静观、素朴的。希腊艺术中,《荷马史诗》是这一艺术形式的代表。

托尔斯泰虽然有一张泰坦神的脸,但他的艺术无疑是属于“日神”式的。从内容来说,是标准的现实主义。无论是《安娜·卡列尼娜》中的家庭伦理,还是《战争与和平》中的人民与爱国的主题,都是用托尔斯泰主义之梦来观照现实。安娜的爱与美唱响了命运的悲剧交响曲,《战争与和平》中娜塔莎的无限生命活力似乎是俄国庄园贵族的最后挽歌。很明显,它们都属于“梦”的艺术、“日神”艺术,它的美也属于和谐、优美。《安娜·卡列尼娜》男女主人公的命运珠联璧合,组成完美的“双拱”结构,是结构上的优美。托尔斯泰笔下的探索主人公展现的是作家自己心灵探索的历程。这种探索包括三个方面:一是地主与农民的关系问题。从早期《一个地主的早晨》中的聂赫留多夫进行土地改革,减轻农民负担,到晚年《复活》中的聂赫留多夫把部分土地分给农民。这一主题的探索走向是从同情农民到最后试图变成平民,以自身之力减少阶级矛盾,冲淡阶级对立。二是探索生命的意义。《战争与和平》中安德烈在奥斯特里茨战场上领悟了功名的虚妄、亲情的可贵;彼埃尔也从小我走向大我,从个人的爱恨情仇走向关注国家、民族的命运。《安娜·卡列尼娜》中的列文继续关注农民的问题与生命的意义,最终他得到的结论是:人是为上帝活着。三是宗教救赎。彼埃尔、列文、聂赫留多夫在生命的最后阶段都在宗教道德救赎中得到了心灵的安宁:爱一切人,勿以暴力抗恶,道德的自我完善。当然,托尔斯泰的宗教是完全立足于现实的,更多的是实践层面上的观照,而不是信仰层面上人神的关系。无论是社会问题还是心灵问题,托尔斯泰的艺术始终都是对现实的观照。

“酒神”狄俄尼索斯也是古希腊神话中的主神之一,是宙斯与人间女子所生。由于天后赫拉的迫害,酒神出生了两次,长大后继续遭天后赫拉的迫害,变得疯疯癫癫。他在古希腊大地上漫游,教人们种植葡萄、酿酒,也掌管古希腊的农业和戏剧。古希腊每年的“酒神”祭典活动都演变成全民的狂欢。所以,“酒神”作为一个文化符号,具有毁灭、重生、创造、狂欢、疯狂等特质。作为美学概念的“酒神”，是感性而非理性的，是冲动的、本能的；作为美学类型，它属于崇高，是泰坦的、蛮夷的。古希腊悲剧是其典型。陀思妥耶夫斯基的“酒神”精神首先体现在他的人物总是非理性的，受本能驱使的，潜意识活跃的。他们的行为更多受本能的驱使而不是理性的约束，他们经常处于巨大的心理矛盾之中，陷入呓语、噩梦、内心独白、痛苦呢喃甚至下意识地让自己处于危险之中。如拉斯科尔尼柯夫在杀人后回到现场，地下室主人公在与同学闹翻后不由自主地想把事情搞大，想挑起决斗。他们的非理性行为让人想起弗洛伊德的“死亡本能”，仿佛一股自我毁灭的冲动驱使他们在疯狂中宣泄生命的能量。他们的心灵经常处于崩溃的边缘，他们的精神特质就是疯狂。他们在疯狂之中对于灵魂的拷问，对于良心与道德的辩解，拓宽了灵魂的空间，描绘了灵魂的各种景象。他们的疯狂、创造完全与“酒神”的文化符号相契合。他们的命运也呈现出典型的“酒神”特质：死亡与重生。拉斯科尔尼柯夫与伊凡都经历了灵魂分裂、心灵崩溃、苦难的洗礼，从而获得重生，这正表现了俄罗斯“酒神”文化的独特魅力。

二、信仰的维度

托尔斯泰与陀思妥耶夫斯基在为 19 世纪俄国探索其出路时都寄希望于宗教。他们笔下的主人公在精神探索的道路上遭遇阻碍与困惑时，都是靠着对上帝的信仰从而获得了拯救。虽然托尔斯泰被俄国东正教教会开除教籍，但他为19世纪的俄国开出的救世药方仍是宗教的。著名的托尔斯泰主义就是:宽恕一切人,勿以暴力抗恶,道德上的自我完善。其实质就是基督教教义,只是另一种不同的说法而已。

在信仰的深度和方式上,托尔斯泰与陀思妥耶夫斯基则表现出了相当大的区别。

首先,关于上帝的形象,在两位作家心目中是有所区别的。托尔斯泰心目中的上帝是一个绝对的道德律令。其作品中所有体现宗教观念的形象都是一些性格上毫无棱角的农民。当他们引领托尔斯泰的探索主人公时,他们的话语也十分朴实:人是为上帝活着的。但是上帝在他们的心目中不是作为一个形象,而仅仅是作为一个观念、一个抽象的“爱”的观念。陀思妥耶夫斯基虽然在信仰的问题上曾持怀疑态度,但他心目中的上帝是活生生的。上帝经常以各种形象降临人世,如《白痴》中的梅希金公爵,《罪与罚》中的索尼娅,《卡拉马佐夫兄弟》中的阿辽沙、佐西马长老等。这些形象都具有爱、宽恕、自我牺牲、坚韧等品质,他们是耶稣的尘世代言者。所以,托尔斯泰的上帝是观念的上帝,而陀思妥耶夫斯基的上帝是人格化的上帝。

其次,在宇宙观方面,托尔斯泰的宇宙观是平面的、一维的。他的人生坚实地伫立在大地之上,既无对天国永恒幸福的向往,也没有对地狱烈火的恐惧。当然,他心目中有“罪”的观念,但他的“罪”与“罚”都是在自我内心进行的,是自我反省的结果。19世纪后期俄国著名评论家梅列日科夫斯基认为托尔斯泰身上具有异教徒的气质,同时代的叶夫多基莫夫则称托尔斯泰身上有道德教师爷的气质。托尔斯泰的视野始终关注在俄国大地上的自然万物与芸芸众生以及自己的心路历程方面。而陀思妥耶夫斯基的宇宙观是立体三维的,在他的作品中,对于永恒的幸福、美好天国的向往始终都存在,有尘世之罪,有心灵之罚。

再次,在宗教救赎的结果上,两人向往的愿景是不同的。陀思妥耶夫斯基向往的天国之景是消除人与人之间的一切隔阂,没有仇恨,没有距离,人们相互亲密地拥抱,彼此亲吻,一派狂欢的场景。托尔斯泰的宗教救赎的最终愿景却是个体的独善其身,是托氏的内心反省。在托尔斯泰理想的道德境界里,没有人与人之间的过分亲昵,而是人与自然、人与大地的亲密,在劳动中提升自我境界。

> 托尔斯泰一生都在寻找上帝,作为一个异教徒、自然的人那样寻找,但在自己的本性中他离上帝很远。他的思想中充满着神学,但他却是一个很糟糕的神学家。而折磨着陀思妥耶夫斯基的,主要却不是关于上帝的问题,而是关于人及其命运的问题。人类的精神之谜折磨着他。他的思想中充满着人学,而不是神学。他不是作为一个异教徒、一个自然的人来解决上帝的问题,而是作为一个基督徒、一个精神的人来解决人的问题。……陀思妥耶夫斯基不是神学家,但他离活生生的上帝比托尔斯泰更近,上帝在人的命运

中向他展现。[1]

别尔嘉耶夫的这段话道出了两人信仰的不同特质。

苏联著名作家高尔基认为，在托尔斯泰身上很难看到宗教的虔诚，与其说他信仰上帝，不如说他信仰自己。托尔斯泰同时代的作家屠格涅夫也认为，《安娜·卡列尼娜》中的列文这一形象特质就是精神上的自我孤立。列文在探讨人生问题时，心中并没有上帝。农民福卡尼奇的信仰启发则更像是没有出路时的一种安慰，既没有与上帝的联合，也没有与人的联合。《罪与罚》中，拉斯科尔尼柯夫灵魂中善恶激烈交战以及灵魂前进与后退的每一个轨迹都是清晰的；与之相比，列文的灵魂得救就显得十分模糊含混。

陀思妥耶夫斯基把俄国的未来寄托在东正教和俄国人民身上。他并没有像托尔斯泰那样把宗教精神抽象为理论说教，当他说东正教是俄国的未来甚至是全欧洲的未来时，他的宗教与人民是密切相连的。当他把虔诚、忍耐、宽容当做教世之方时，是因为他在底层人民的身上看到了这些品质。

三、人性的悲观与乐观

两位作家执着于探讨人性，但他们的起点有天壤

---

① [俄]尼·别尔嘉耶夫著，耿海英译：《陀思妥耶夫斯基的世界观》，广西师范大学出版社2008年版，第10页。

之别。

关于人性，托尔斯泰是天生的悲观主义者。受叔本华悲观主义哲学及佛教虚无主义的影响，托尔斯泰对于人的生命力的本源——欲望是持否定态度的。他认为欲望基本代表了人的动物性。在托尔斯泰看来，人身上存在着神性和动物性。人必须不断升华自己的精神世界，向上帝祈祷，与上帝保持联系，克制情欲，才能使自己免于堕入动物界。作家在最后的巨著《复活》中发挥了这一主题。主人公聂赫留多夫必须经常进行灵魂“大扫除”，才能避免沾染恶习；稍一放松，他身上的兽性就冒了出来，譬如诱奸玛丝洛娃并一走了之。托尔斯泰年轻的时候也曾经流连色情场所。此种情形适用于波德莱尔的一篇文章：《每人有他的怪兽》。法国诗人与俄国文学家表达的内容可能并不完全相同，但基本意思一致。托尔斯泰极力避免人的动物性的同时，把人性的空间也压扁了。所以，他后期的作品尤其是《复活》，其主人公除了宗教情感，人性几乎荡然无存。

相比之下，陀思妥耶夫斯基则乐观得多。陀氏相信在人性中存在着至善，人可以达到像上帝那样的善。所以，他在塑造“天使系列”人物时，赋予他们以至善的灵魂。他让读者在这些人物身上读出基督之名。但陀氏并不否认恶，他的一系列探索主人公就是在探索恶的种种可能性。在陀思妥耶夫斯基这里，恶不是与动物性而是与自由意志联系在一起的。他的探索主人公在追求实现超人自我时滑入了恶的深渊。正是对人性恶的探讨，展现了人性的深度与广度。但即使是在展示恶时,陀氏仍对人的得救表现出信心。在他看来,苦难与忏悔是灵魂得救之道。通过苦难中的虔诚,妓女索尼娅显示出金子般的心灵。她的心灵越谦卑,灵魂就越高尚。这个少女以出卖肉体担起全家的生计,还要遭受卢仁之流的凌辱与迫害。但她毫无怨言,以近乎狂热的虔诚向拉斯科尔尼柯夫朗读《圣经》,一步步引领这个高傲的灵魂变得谦卑。后者则通过在广场上大声忏悔自己的罪过,跪下来亲吻土地,而与生命和解。陀思妥耶夫斯基在善与恶之间探讨人性的种种可能性。拉斯科尔尼柯夫走过恶,以痛苦洗涤心灵,用忏悔升华自我,最终找到善。探索主人公相似的经历显示了作者对人性的最大乐观。

陀思妥耶夫斯基同样揭示人性中的兽性,如《卡拉马佐夫兄弟》中的老卡拉马佐夫和长子德米特里,他们身体里沸腾着过多的兽性,导致了他们的堕落。即使如此,德米特里靠着心中的善念,在最关键的时刻停止犯罪,并就此使灵魂得救。与托尔斯泰的探索主人公不同,德米特里心中的善是自然迸发出来的,不是内心反省的结果。

四、相对与绝对

陀思妥耶夫斯基在《地下室手记》中塑造了一个神经质的地下室主人公。因不断受到外界的刺激,他的意愿处于不断的变化之中。他似乎没有完整的意志,而他的意愿则是非理性的,把自己引向冲突与毁灭。有论者认为,地下室是人的潜意识的象征，这个见解非常精妙。地下室主人公心灵的矛盾冲突也验证了弗洛伊德关于人的意识之流的理论：潜意识才是丰富的河床，意识不过是“冰山一角”。

陀思妥耶夫斯基似乎是以地下室主人公的形象来宣告西方文明理性观念的破灭的。

> 不论任何时代，任何地方的任何人，不论他是谁，他总喜欢按照他选择的方式行动，而丝毫不愿依照理性与利益。然而，人不仅可以选择与他自己的利益完全相反的东西，有时甚至确实应当如此（这是我的想法）。无拘无束的选择、自己的任性（不论何等放肆）、自己的幻想（不论何等疯狂）——这就是我们所忽视的“最有益的利益”。它不能归入任何类，但任何系统与学说碰到它都会一成不变的粉碎无遗。为什么那些自作聪明的蠢货会以为人类需要正当的、德性的选择呢？是什么事情使他们认定人必然会寻求理性上有益的选择？人所需要的仅是独立的选择，不论这种独立须付出何等代价，亦不论这种独立会把他导向何种方向。不过，当然，什么是选择，只有天知道。

人不仅是非理性的，人性也是不确定的。人心是善与恶的战场。而这个战场永远不会消停，也没有永恒的主宰，正如存在主义哲学所说的，人的本质是自我选择的结果，而人的自由选择只有到死亡才能停止。这样，人的本质就永远无法确定，只有死亡才能给人的本质以“盖棺定论”：

> 我不仅不能变成心怀恶意的人，我根本不知道如何变成任何一种东西。……一个聪明人决不会一本正经地把自己弄成任何性质所确定的东西，只有傻瓜才干这种事。是的，在十九世纪做一个人，必须并且非常应当非常显然地成为没有个性的生物；一个有个性的人，一个性质确定的人显然是受限制的东西。

地下室主人公的意识是不确定的，善恶是不确定的，性格也是不确定的。陀氏以此形象显示人性的变幻莫测。总之，人性是相对的，没有确定不变的人性本质。

不仅人性不确定，陀氏自己的思想也处于同样的状态。在他的作品中，虔诚的信仰与高傲的自由意志一直是两大主题。这两个主题从来没有一个占到完全的上风，它们相互矛盾，相互依存，相互激发。虽然在作品的结尾，陀氏总是让虔诚者成为对方的灵魂引路人，但这样的结尾总是显得欠缺说服力、单薄、贫弱。著名评论家巴赫金把这种现象称为“复调”，并称陀氏的作品为“复调小说”。

法国作家安德烈·纪德真正读懂了陀思妥耶夫斯基。他认为，陀氏的思想从来不是绝对的，问题总是相对于他的人物。“不仅仅相对于表达这些思想的人物，而且相对于这些人物生活中一个确切的时刻，它们可以说是这些人物在一种特别状态、在一个特别时间里获得的，它们是相对的，只和其产生所必需的行为事件或是和必然需要它们的行为事件发生关系，并起作用。”①

所以，陀氏的作品及其思想是一个开放的体系。在这个体系中，人物的思想意识处于不断的发展变化之中，作家自己的思想观念也从来没有停止在某个点上，就如同一个跷跷板，在自由与信仰之间摇摆，却无法找到一个平衡点；善与恶同样无法找到平衡点。但在两极之间，外部环境的刺激不断地增加砝码，跷跷板就处在不断变化中。

与人性的摇摆、作者观念的不确定相对应的，是小说的“光源”。陀思妥耶夫斯基的光源是唯一的，就是信仰与自由。一切存在的问题都被这个光源照亮，一切人物也因此获得了他们的光彩与阴影。

托尔斯泰也承认人性的相对变化发展，如他的探索主人公以及安娜、娜塔莎等妇女形象，性格与心理都有一个发展变化的过程。但托尔斯泰笔下人物的发展变化只是量的变化或者说形态的变化，本质的东西并没有变。如娜塔莎，始终就是一个充满青春活力、热爱生活的贵族妇女，即使在婚后变得不修边幅；安娜是一个富有生命力、渴望爱情的贵族妇女；卡列宁则是一个虚伪冷酷的官僚，虽然

① ［法］安德烈·纪德著，余中先译：《关于陀思妥耶夫斯基的六次讲座》，广西师范大学出版社2006年版，第75页。

在某些时候他也有善心，如安娜病重期间，他与渥伦斯基和解并宽恕了安娜。

托尔斯泰的人物是在一个相对封闭的系统中演绎自己的生命轨迹，完成自己的本质。这个本质往往是在人物一出场就有，如卡列宁的虚伪、安娜爱的冲动等，正像《安娜·卡列尼娜》中的杜丽，就是要完成一个贤妻良母的形象。相比较陀氏笔下的人物，托尔斯泰笔下的人物的人性是相对固定的，甚至可以说是绝对的，其本质是不变的。与陀氏作品由一个光源照耀不同，托尔斯泰作品中的每个人物都有自己的光源。托氏作品人物之间的灵魂关联性相比陀氏的人物要小得多，甚至可以说几乎没有关联；而陀氏笔下的人物则呈现出更多的相互关联与依存。

俄罗斯民族信仰特点与托尔斯泰的宗教观

19 世纪中后期是俄国社会激烈动荡的年代。1861 年废除了农奴制后,俄国进入了价值体系分崩瓦解的年代。这个年代人们最关心、最感兴趣的问题是俄国将走向何处,这也是摆在 19 世纪所有俄国作家面前的一个重大问题。与其他时期的文学相比,这一时期俄罗斯文学的首要特点就是肩负着沉重的历史使命,正因为如此,19 世纪的俄罗斯文学显得严肃、沉重、忧郁而彷徨。

自古以来,宗教在各民族中的影响力、号召力就非常大,尤其是在俄国这样信仰传统很深的国度。托尔斯泰作为 19 世纪后半期俄国社会的精神领袖,他焦灼地关注着俄罗斯民族的出路,探索带领俄国走向光明未来的道路。在否定了一切暴力手段后,托尔斯泰认为,只有基督之爱才是拯救俄国尤其是俄国贵族脱离道德败坏、腐化堕落之泥潭的唯一出路。他把基督之爱归结为三条:爱一切人,勿以暴力抗恶,道德上的自我完善。这三点构成了托尔斯泰主义的核心。

19 世纪八九十年代是托尔斯泰主义影响最大的时期。

不断有崇拜者怀着朝圣一样的心情,奔向托尔斯泰的住所亚斯纳亚波利亚纳庄园,聆听大师的教诲;不断有年轻人遵照托尔斯泰的教诲,舍弃舒适的生活和自己的亲人,组成“托尔斯泰垦殖队”,到艰苦的农村过自食其力的简朴生活。

作为一个作家,托尔斯泰的影响力在19世纪末期的俄国可以说是达到了顶峰。俄国著名作家符·加·柯罗连科道出了这种影响力的性质:“托尔斯泰增加了能思想、有信仰的人的数目,这是他以前的人所没有做到的。”确实,托尔斯泰已经成为时代的精神领袖。在当时的俄国,人们普遍接受这样一个观念:俄国有两个统治者:沙皇是现实的统治者,而托尔斯泰是人们心灵的统治者。托尔斯泰何以有这样的影响力?其实与他作为一个作家的成功没有多少关系,而只能从托尔斯泰宗教观的特点及与俄罗斯民族信仰的联系中去寻找。在此应该说明的是:托尔斯泰的宗教观并不仅限于通常所说的托尔斯泰主义那三条,它实际包含着更复杂、更深邃的内容。

一、忏悔之路上的自我完善

在托尔斯泰的性格以及他的宗教观中,有一个突出的特点,就是“忏悔”。他写过自传性回忆录《忏悔录》,把一生的经历作为罪恶来忏悔;他一生一直坚持写日记,日记可以说是他的另一本忏悔录。从青年时代起,托尔斯泰就把自己所有的放荡与荒唐作为写在日记中;在结婚前,他把自己这些最隐秘的内心记录给未婚妻看。这都是托尔斯泰内心中的忏悔因素使然。在创作中,忏悔成为托尔斯泰作品中的一个重要主题。他的一系列自传性男主人公都是在反省、忏悔中走向成熟的,反省、忏悔是他们人性中一个重要的特点。如《复活》中的聂赫留多夫,当他在法庭上碰到多年前被自己欺骗、引诱的玛丝洛娃,良心感到了不安。他到监狱中看望玛丝洛娃,并为她的案子奔走,由不安到忏悔,由忏悔到赎罪,心灵在忏悔中得到升华,从而最终走向心灵的复活。

道德的自我完善是托尔斯泰主义中最基础的思想。在托尔斯泰看来,每个人的身上都有两面性:神性和动物性。人如果不时时警醒,严加修炼,就会被身上的动物性所控制,陷入自私、堕落的泥沼;而如果能经常忏悔、修炼,即使有罪,也可以通过忏悔与赎罪来接近基督。也就是说,人生来是不完善的,只有不断地反省、忏悔,才能去掉自身的动物性,完善自我。

复活是托尔斯泰创作中的重要主题,也是俄罗斯宗教文化中的一个重要母题。复活是基督教神学术语,有两层含义:一是指末日审判时已死义人的复活,一是指耶稣在十字架上被钉死后第三天从死里复活。复活节即源于此说。在欧洲,圣诞节是最大的宗教节日,而在俄国,更注重复活节。按东正教的观点看,人的诸种罪过都微不足道,除了一条特殊的罪:对复活麻木不仁、对耶稣复活的光明闭上双眼的罪。对复活麻木不仁,就是对罪恶麻木不仁,就是没有悔罪的意识,这是比犯罪更可怕的。

应该说,忏悔并不是托尔斯泰的专利,而是从欧洲到俄国整个基督教社会的一个传统。当人感到良心不安时,到教堂向神父忏悔,是基督教社会日常生活中很平常的一景。《圣经》中,耶稣给彼得的答案就是:根除罪恶必须宽恕一切人,爱一切人,以爱抗恶。

忏悔虽不是托尔斯泰的原创思想,但确是他把忏悔提高到了救世的高度。在托尔斯泰看来,要拯救 19 世纪俄国于水火之中的,首先是个人的精神复活,以此消灭社会罪恶,使全人类复活,这就是最大的善。这是托尔斯泰主义的核心,也是托尔斯泰对社会罪恶有了"最清醒的现实主义"认识之后所开出的救世良方。在托尔斯泰看来,要根除人身上的动物性即人身上的恶,一切的法律与武力手段都不能解决,而只有在基督爱的原则的引领下,不断地忏悔,自我反省,才能涤清心灵的罪恶,求得道德上的自我完善,人类才能变得美好,人类也才会有美好的未来。善恶问题就是人类的终极问题,解决这个问题只有靠人自己完成,只有在人的内心完成。

善于忏悔的性格既是托尔斯泰的,也是俄罗斯民族的。

俄罗斯民族是容易冲动的民族,也是善于反省与忏悔的民族。这个民族似乎精力过于旺盛,在正反两个方面都要越过标准。他们要试探各种可能性,要深入禁区,但最终都是通过忏悔回到基督的面前。正如别尔嘉耶夫所说:

"神圣俄罗斯始终有其反面——兽性俄罗斯。……俄罗斯民族始终在天使的圣洁与野兽的低贱之间摇摆不定。"俄国人能像一个孩子似地为自己的过错痛哭流涕。一个典型的俄国人,即使在干着罪恶的勾当,内心依然有着至善的冲动。他走过恶,而不被恶淹没,最终达到至善。在弃恶向善的路上,忏悔之泪洗清了恶,也增加了善的人性深度。

俄罗斯民族的忧郁气质以及深厚与博大的胸怀,正是反省与忏悔所赋予的。

二、清贫主义与流浪情怀

清贫主义是托尔斯泰晚年的主要思想之一。作家晚年一直有一个强烈的愿望:散尽家财!在放弃财产、名利方面,托尔斯泰做出了艰难的努力。他放弃了 1881 年后的所有作品版税,把它们无偿地捐献给民众。这对于一个主要靠创作养家的人来说,等于切断了收入来源。作为一个地主,托尔斯泰主张土地不能私有,应该把土地还给农民;在自己的庄园中,他进行了一系列土地改革,试图让农民成为土地的主人;他经常资助周围需要帮助的农民、灾民。他最渴望的,就是能做一个普普通通、自食其力的农民。所以,晚年的托尔斯泰穿着粗布衣服,吃素食,在可能的情况下过最简朴的生活。托尔斯泰生活上所有的追求目标只有一个,就是"农民化"。他不但过农民的生活,在思想观念上也努力农民化。他以农民的眼光看问题,凡是一个俄国农民可能不理解或者觉得没用的东西，托尔斯泰一律持否定与批判的态度，如科学、艺术等。越是精致先进的东西，越是遭到托尔斯泰的抵制，就是因为它们是农民式的简朴生活所不需要的。

放弃财产过清贫的生活，托尔斯泰为此与自己的妻子和儿子之间产生了很大的矛盾。但即使牺牲家庭幸福，托尔斯泰也要贯彻简朴生活的主张。当托尔斯泰的清贫思想受到抵制后，流浪便成了他实现理想的最后手段。实际上，在托尔斯泰一生中，曾有多次流浪的经历。当他有问题而找不到答案时，就会用几天的时间步行到某地的修道院，找苦修的人谈论人生与信仰问题。如 1881 年 6 月 10 日，托尔斯泰与仆人及友人徒步到奥普纳荒原的小修道院，这次旅行前后花了 10 天时间。托尔斯泰对这次旅行非常重视，收获也很大，表示要从自己的生命中拿出 5 年来献给这 10 天。1910 年，托尔斯泰以 82 岁的高龄离家出走，最终死在路上。他以生命为代价，来实现自己的理想。

追根托尔斯泰清贫思想与流浪情怀的源头，我们发现，除了卢梭返回自然的思想对他有影响外，还有俄罗斯文化母体的深刻影响。

在俄国，权力和财富从来没有得到宗教的认可。俄国有自己的官僚、地主、商人等阶层，但是从未产生过资产阶级意识形态。一些品德高尚的贵族和富商面对福音书中的真理，不能不感到愧疚，灵魂深处一直考虑着最好把财产分给穷人，然后启程上路，成为朝圣者。

对上帝虔诚的追求与渴望,在俄国可以说是一种民族现象。俄国人对朝拜圣地有一种十分特殊的情感。历史学家克留切夫斯基把朝拜者单列为一个社会阶层,这一真实的社会阶层在朝拜途中以基督的名义在百姓家中食宿。每过一个时期,人们成群结队地走上大路,奔向圣人坟墓、修道院和神显之地。凡是条件允许,就步行,即使是去最高圣地巴勒斯坦。人们希望触摸圣物,接近圣徒,至少要领略片刻上帝之国的氛围,沐浴在永不下沉的白昼光明中。这些人往往衣衫褴褛,对食宿毫不在意。他们以群体的方式彰显了民族信仰的力量,用具体的方式使信仰成为可看可感的,成为形象的。

在俄国的云游流浪冲动中,有一种通过受难磨炼自己以达神圣之境的神秘向往。在东正教历史上,最初的两位圣徒都是以自我牺牲的方式来解救人民。这两位圣徒无辜受难,对强加于他们的暴力与死亡采取不反抗的态度,从容赴死。对两位圣徒的崇拜,培养了俄国人的受难意识。他们认为,受难是崇高的必由之径。

云游漂泊成了俄罗斯民族精神生活的一种典型。许多有志之士、知识分子虽然没有像云游派教徒那样背起行囊四处漂泊,但在精神上,他们与云游派教徒是完全相通的。从普希金到莱蒙托夫、托尔斯泰、陀思妥耶夫斯基,都描写过俄国大地上的这些精神漂泊者,如奥涅金、毕巧林、拉斯科尔尼柯夫,他们的精神躁动不安,不断寻觅能够安慰灵魂的未来之城、理想之国。与托尔斯泰同时代的著名宗教思想家索洛维约夫始终感觉自己不是生活在这块土地上的居民，因为在生活的地方，他无法找到家的感觉。实际上，像陀思妥耶夫斯基、托尔斯泰这些伟大的作家也是精神上的云游派教徒。他们一生都在探寻未来的理想之国，他们的心理状态始终是“在路上”，在精神上，他们一直没有找到“家”。

三、无政府主义与禁欲主义

托尔斯泰主义是福音书的俄罗斯式的解说。托尔斯泰主义之所以产生很大的影响，正是因为它们在信仰方面直接触动了俄国人的灵魂。

正如托尔斯泰在一系列著作中所提到的，有一段时间，他因为怀疑生活的目的与意义而苦闷不已，一度到了崩溃的边缘。最终，他在一位老农那里得到启示：人是为上帝活着的。托尔斯泰对这一启示的神秘体验就是：当他心中感受到上帝的存在时，心中便充满爱，感到生活是有意义的；而当他怀疑上帝的存在时，心中便没有爱，生活也变得毫无意义。他认为这就是上帝存在的最好证据。上帝是爱、生活意义的体验者，也是尘世的主宰者。《安娜·卡列尼娜》全书的题词就是“伸冤在我，我必报应”。可以说，在托尔斯泰的信仰中，他需要时时刻刻感受到上帝的存在，他的虔诚是毋庸置疑的。但是，托尔斯泰对上帝在尘世的体现者、被视为上帝旨意的执行者——教会采取了完全不合作的抵触态度。他与教会的关系一向恶劣。他把教会视为专制政府的皮鞭与棍棒,没有任何神圣可言。在作品中,他对教会的揭露与批判可以说是痛彻淋漓、入木三分。1901 年,托尔斯泰被东正教教会革除教籍。

托尔斯泰痛恨教会,固然是因为当时的东正教教会已完全被沙皇政府所控制,已沦为沙皇的统治工具,反对教会是反对沙皇专制政府的一部分;同时也是因为托尔斯泰的天性正像大多数俄国人的天性一样,追求自由,痛恨管制与强权。在行为方式上,俄国人是重视内容、轻视形式的。虔诚的俄国人崇尚的信仰方式是通过苦行、静修而让心灵来接近上帝,一切外在的、形式的东西在他们看来都只能远离上帝。托尔斯泰把这种重内容、轻形式的信仰方式发挥到极致。对一切宗教仪式、教会条规以及教会本身,托尔斯泰都持一种怀疑和反对的态度。他否定包含在基督教圣礼和教义中的有关圣体的三个奥秘:道成肉身的奥秘、圣餐礼的奥秘、身体复活的奥秘。他认为,圣餐仪式中把饼和葡萄酒看做是基督的身体和宝血的说法完全不能接受,是耸人听闻的宗教唯物主义。他认为信仰完全是灵魂的事,一切想把信仰物质化、形式化的做法都是荒唐的、亵渎神明的。

托尔斯泰与东正教教会势不两立,却并不影响他在人们心目中的声誉。因为在俄国人看来,正如法律无法包办正义,教会也不能包办信仰。专制政府与教会通过强制方式表现出的权与威无法得到俄国人的普遍认可。

在一个有着真诚信仰的俄国人的意识中,真正的权威尤其是精神权威，不是一种强制的权力，而是解救人的真理。教会以及教会机构中的掌权者不可能凭借自己的权力与地位成为权威，因为权威从来不是功能性的，而是人格性的。真正的权威是那些心中充满基督之爱的殉道者们。只有他们才能够征服人们的心灵。一切形式上和法律上的东西都对俄罗斯灵魂毫无意义。一切统一规定、功能强制都损害灵魂，是非人格的。俄国人对苦役犯与罪犯往往充满怜悯，在苦役犯前往流放地的路上，经常有妇女和小孩拿着《圣经》及衣服、食物等来安慰他们。陀思妥耶夫斯基就曾这样得到过一本《圣经》——他视为最珍贵的书籍，直到去世前还在读。对苦役犯的同情与关怀，一方面是出于宗教情感，另一方面也是对国家法律的蔑视与反抗。在俄国历史上，曾经出现过许多贵族革命者，这是欧洲其他国家所没有的。如 19 世纪初期的十二月党人，19 世纪中后期的克鲁泡特金公爵、巴枯宁、列宁等，都是俄国贵族。

托尔斯泰虽然号召不抵抗，号召爱与宽容，反对暴力革命，但在对国家与政府的态度上，他与这些贵族革命者的态度是相通的。在他的作品中，对专制政府和教会的批判达到了前所未有的深度，往往激起人们起而砸烂、推翻这些专制工具的义愤。也正是在这个意义上，列宁说“托尔斯泰是俄国革命的一面镜子”。而许多论者因此把托尔斯泰作为俄国无政府主义的典型代表，确实是有识之论。

应当指出的是，托尔斯泰的无政府主义并不指向暴力革命,也不指向生命的自由与解放。托尔斯泰的理想国的法则是爱:“万物都将由爱结合在一起。”摆脱一切的外在强权与管制后,托尔斯泰主义显示了与一般无政府主义的不同,他最终要实现的并不是解放,而是人的严格的自我管制,是禁欲主义。

受佛教禁欲主义、叔本华思想的影响,托尔斯泰对人性的看法是相当悲观的。他认为欲望是痛苦与罪恶的根源,也是人达到神圣之境的障碍。除了心中的上帝,人应该无欲无求。在欲望问题上,托尔斯泰甚至比福音书还要严厉。他认为,一切欲望都是灵魂的敌人,灵与肉是截然对立的,是此消彼长的。“沉湎于属于肉体的东西越多,失去的属于灵魂的东西越多;献出的属于肉体的东西越多,得到的属于灵魂的东西越多。”而生活的本质就是牺牲:“没有牺牲就没有生活。人的一生,不论你是否愿意这样,就是为了灵魂而牺牲肉体。”因此,一切物质需求、肉体欲望包括夫妻感情、血缘亲情在灵魂的需要面前都是应该被牺牲、被禁止的。

托尔斯泰如此严厉的禁欲主义思想,除了佛教及叔本华悲观思想的影响外,另一个源头则是俄罗斯宗教文化的集体主义传统。在一个经济不发达的社会里,崇尚集体主义的文化,必须要压制个人的欲望,抑制人的自我。托尔斯泰在提出禁欲后,进一步提倡禁止人的“自我意识”。在他看来,自我意识乃是欲望之源,乃是罪恶之源。“如果一个人舍弃肉体自我不是为了完成上帝的意志,而是为了自己的意志或者像他一样的其他人的意志,那么这种自我舍弃就谈不上宝贵、必要和欢乐,而只能有害于自己和他人。”

与欧洲尊重自我、发展自我的个性主义文化不同,俄罗斯宗教文化倡导压抑自我、舍弃自我,这一传统由来已久。别尔嘉耶夫认为:俄国人宁愿一起进地狱也不愿各自被分开。“俄罗斯民族始终喜欢生活在温暖的集体里,融化于大地的自然力之中,依偎在母亲的怀抱里。”

即使是像陀思妥耶夫斯基那样被认为有保守倾向的作家,也提出了上帝与人的自由的关系问题。在19世纪末期那样一个充满革命气息、崇尚个性解放的年代,托尔斯泰的宗教思想在许多人看来是倒退返祖、不切实际的。但托尔斯泰也许就是世纪交替时期的堂吉诃德、一个道德勇士。在传统价值观念分崩离析的年代,他想留住传统中那些美好的东西,并为此不惜牺牲家庭、幸福,直至自己的生命。托尔斯泰从宗教出发,他想建立的实际上是人与人之间的道德秩序,他想在人与动物之间立起“人”的骄傲。这个问题,即使在今天的信息时代,依然具有重要的意义。道德理想永远是实现人类美好生活的必要保障。从这个意义上说,不仅作为作家的托尔斯泰永远有读者,作为思想家的托尔斯泰,他的宗教道德思想也永远具有无可取代的价值。

陀思妥耶夫斯基创作中的基督教精神

陀思妥耶夫斯基的小说有许多奇特之处。比如,故事总是发生在几天之内,人物没有固定的职业,没有鲜明的性格特征。也就是说,通常人们所追求的文学性特征在小说中不明显。作为一个靠创作为生的作家,陀思妥耶夫斯基很少从文学的角度来思考创作。他一生都在关注一个问题,就是信仰问题,是信仰与自由的关系以及信仰对人性的影响等问题。同时代的托尔斯泰称赞陀思妥耶夫斯基是自己所见过的最具宗教情感的作家。这个评价很恰切。信仰一直都是作家关注现实问题的切入点,也是作家对人物进行伦理道德评判的标准所在。作家创作的精神源泉来自基督教,这是作家创作的真正出发点,也是我们解读陀思妥耶夫斯基作品的一把钥匙。

一、陀思妥耶夫斯基的信仰之路

陀思妥耶夫斯基在信仰上的第一个引路人是他的母亲。她是一位虔诚的基督徒,同时又是爱好文学的,她是作家的启蒙老师。母亲给儿子的第一本书是《圣经故事汇编》。这本书不仅可以让作家识字，还让他感到一种发现真理的激动与兴奋，燃起了他心中的圣火。《圣经》中的许多故事和人物成了作家创作的"原型"。

除了母亲的影响，陀思妥耶夫斯基在一生中有两件事情对他的信仰具有至关重要的作用。一件是他因参加彼得拉舍夫斯基小组而被沙皇判以死刑。在等待死刑执行的那一刻，当陀思妥耶夫斯基盯着对面教堂屋顶上的阳光，内心突然感到十分平静，并真切地感受到上帝的存在。另一件事是他第一次癫痫病发作。作家自述在他服苦役期间，在一个复活节的前夜来了一个老朋友，两人促膝畅谈，整整谈了一个通宵。最后，两人谈到宗教问题，朋友是无神论者，两人就有没有上帝展开了争论。"上帝是有的，有的!"陀思妥耶夫斯基激动地喊叫起来。就在这时，邻近教堂的钟声响了，复活节来到了！作家把这看做是神的启示。"真的，真有上帝!"他叫喊着，昏了过去。童年的特殊教育、生死关头的宗教体验和癫痫病的神秘发作，奠定了信仰问题在作家心目中的分量。

正如梅列日科夫斯基所说："上帝折磨着陀思妥耶夫斯基的全部人物。……陀思妥耶夫斯基笔下的精神的生命，对上帝的肯定和否定，才是人类一切激情和痛苦的永远沸腾的源泉。"[1]陀思妥耶夫斯基把信仰问题完全文学化

---

① [俄]梅列日科夫斯基著，杨德友译：《托尔斯泰与陀思妥耶夫斯基》，辽宁教育出版社2000年版，第263页。

了，信仰不是人物身上的标签，而是生命的根基，无论他们是执着于信仰，还是逃避信仰。信仰成为他们心灵的一种状态。而作为一位深刻的思想家，陀思妥耶夫斯基的杰出贡献在于：他对俄国的基督教信仰进行了人性化的解读。在他那里，上帝不再是神秘的、至高无上的，耶稣也不再是一个责难者和审判者，而是经常进入普通人的灵魂之中，驻足于平凡者的心里。“他善于在人那里读出基督之名。”[①]在陀氏笔下，在苦难中挣扎的小人物并不卑微可怜，他们可以像神一样爱与宽容。而那些反叛的知识青年所追求的也并非金钱与权力，而是拥有神一样的自由与尊严。

二、虔诚与背叛：俄罗斯民族信仰的两副面孔

（一）信仰使苦难光辉

“信仰使苦难光辉。”用这句话来概括陀思妥耶夫斯基笔下的小人物们，是再恰切不过了。从第一部中篇小说《穷人》开始，作者就确立了自己城市下层贫民代言人的身份。陀思妥耶夫斯基的每一部作品里都有一些受苦受难的小人物。如《穷人》，写的是一个老公务员杰符什金和一个孤女瓦棱卡的友谊。杰符什金宁愿自己在寒冷的冬天没有衣服穿，也要用仅有的一点钱来帮助瓦棱卡。瓦棱卡

---

① [俄]叶夫多基莫夫著，杨德友译：《俄罗斯思想中的基督》，学林出版社 1999 年版，第 92 页。

靠给人缝补衣服维持生计。她因受恶毒亲戚的哄骗，被一个坏蛋诱奸。后来，这个男人出于另外的目的，决定和她结婚，但还没有结婚，他就开始肆意羞辱她。很明显，这桩婚姻将变成瓦棱卡的坟墓。但瓦棱卡并没有抱怨上帝给她安排这样的命运，也并不怨恨那个出卖她的亲戚和诱奸她的坏蛋。虽然受到了这么多的欺辱，但在她柔弱的心中没有恨。相反，在最苦难的时候，她的心中始终都充满着爱。她和老公务员杰符什金之间的友谊和关爱是人间最动人的情感之一。不管是悲伤还是苦难，瓦棱卡都当做是上帝的意旨而顺从地接受。对基督的信仰，是像瓦棱卡这样生活在社会底层的小人物的心灵支柱。也因为有着对基督的信仰，才使他们拥有了做人的尊严。

从《穷人》开始，"爱与宽容"这一主题贯穿了陀思妥耶夫斯基的全部创作。在陀思妥耶夫斯基另一部重要作品《罪与罚》中，对妓女索尼娅的刻画也延续了这一主题。与瓦棱卡相比，索尼娅在这一主题的刻画和表现上则更加深入。如果说瓦棱卡在苦难中还有老公务员的关心与安慰的话，那么索尼娅的处境是令人完全绝望的：这个少女不得不出卖自己的肉体来养活父母和年幼的弟妹。但她对自己的命运没有一句怨言，义无反顾地牺牲自己，拯救家人。

索尼娅这一形象的意义不仅在于自我牺牲。在整个作品中，她是罪人拉斯科尔尼柯夫的灵魂拯救者、精神引路人。陀思妥耶夫斯基精心设计了这样一个情节作为小说的一个高潮：妓女索尼娅以高亢而颤抖的声音向拉斯科尔尼柯夫朗读《圣经》中拉撒路的复活。受过高等教育、不信基督教的青年人被索尼娅的朗读感染，内心受到极大的震撼，要求索尼娅跟他一起出走。这一节是主人公心灵复活的一个重大转机，也是陀氏在此书出版时坚决要求保留不得删改的一个情节。

一个贫贱的妓女代表纯洁的信仰，引领着像拉斯科尔尼柯夫这样的迷途羔羊。《罪与罚》中的这一情节不仅在全书中有象征意义，在作家的全部创作中，在他的整个思想体系里，也具有十分重要的象征意义。在《卡拉马佐夫兄弟》中，作家通过佐西马长老的口说出了俄国的前途与出路所在："拯救将来自人民，因为他们保持着信仰和谦恭。……我们俄国人越穷，越低下，他们身上就越明显地表现出这种庄严的真实……俄罗斯由于谦卑，是伟大的。"陀思妥耶夫斯基正是在这些普通的小人物身上"读出了基督之名"。

这种贫贱者伟大以及苦难使信仰光辉的思想来自作家小时候最喜欢的宗教故事：《圣经》中的《约伯记》。约伯在苦难中的坚定信仰令作家十分感动。直到晚年，阅读这部智慧书时仍让作家"欣喜若狂"。1875 年，作家在给妻子的信中写道："我在读《约伯记》，它使我欣喜若狂。读完后，我在室内来回踱了整整一个小时，几乎失声痛哭起来……阿尼娅，说也奇怪，这篇故事是我一生中最早使我感到震惊的作品之一，我第一次读它时还完全是一个小孩子呢!”也正是因为这个故事的长年熏陶,使作家崇拜苦难中的信仰,甚至也崇拜苦难。终其一生,陀思妥耶夫斯基对受难尤其是无辜受难的题材十分偏爱。

(二)否定上帝,人类将失去一切

如果说索尼娅、瓦楼卡们纯朴的信仰反映了俄国下层民众真挚的灵魂,那么以拉斯科尔尼柯夫为代表的一代知识青年对宗教的怀疑则显示了在19世纪俄国社会发展的过程中,知识青年对宗教在社会生活中的作用问题的真挚探索。大约从19世纪40年代起,俄国的宗教信仰遇到了前所未有的挑战。当时俄国出现了许多派别,西欧派认为俄罗斯式的信仰过于沉重,有迷信色彩;民粹派则看到了宗教的愚民倾向而否定宗教。生活中的变化在陀思妥耶夫斯基的心中引起了非常强烈的疑惑和不安。作家对宗教的态度陷入了矛盾之中:一会儿是一个坚定的信仰者,对上帝无限虔诚;一会儿又是一个深刻的怀疑者,拷问上帝的职责,拷问上帝的存在,并以深刻的理性态度推翻宗教以上帝的名义压在人的心灵上的重负。这种矛盾使他十分痛苦。在19世纪50年代中期给友人的一封信中,陀思妥耶夫斯基写道:

我是时代的孩子,无信仰和怀疑的孩子,这种追求信仰的渴望害我受过苦,并且现在还在受着多么可怕的折磨,在我的心中,否定的论证越多,这种渴望也就越强烈。[1]

陀思妥耶夫斯基作品的真正主人公不是索尼娅，而是拉斯科尔尼柯夫和伊凡·卡拉马佐夫。这些不信上帝的青年渴望从传统中挣脱出来，按照自己的意志生活。他们挣脱的第一步就是否定上帝。他们认为，上帝作为心灵的主宰，剥夺了人的自由和欢乐。而人类只有摆脱了上帝，才可以按照自己的意志生活。“按自己的意志生活”，这对于陀思妥耶夫斯基的反叛主人公们来说，是至关重要的。《罪与罚》中的主人公拉斯科尔尼柯夫的观点是很有代表性的。他认为，统治世界的并非上帝，并非代表爱与宽容的基督。世界是由强者和奴隶组成的，强者统治世界，可以按照自己的意志生活。敢不敢跨越法则，敢不敢为所欲为，这是一个人能否做强者的试金石。拉斯科尔尼柯夫杀死放高利贷的老太婆，表面的原因是为救助在乡下生活艰难的母亲和妹妹，为完成自己的大学学业，而深层的原因是为了试验自己是不是一个强者，是不是一个可以跨越法则、为所欲为的人。杀人后，他对自己的惊慌不安和罪恶感十分失望。他气愤地高喊：“难道我杀死了放高利贷的老太婆吗？我杀死的是我自己！”

《卡拉马佐夫兄弟》是陀思妥耶夫斯基最后一部长篇

---

① [苏联]叶尔米洛夫著，满涛译：《陀思妥耶夫斯基论》，上海译文出版社1985年版，第5页。

小说。在这部作品中,作者对宗教信仰的矛盾不但没有解决,反而更趋激烈。伊凡·卡拉马佐夫是拉斯科尔尼柯夫的延续,继续探讨否定上帝后,人按照自己的意志来生活的行为与道德问题。在这部作品中,作者通过伊凡与宗教大法官的对话,比较隐晦地抨击了传统教会的愚民行为。通过伊凡的口,作者提出了一个重要的人神理论:如果人类否定上帝,“所有旧的世界观都将自然而然地覆灭,尤其是一切旧道德将全部覆灭,而各种崭新的事物就将到来。人们将联合起来,从生活中汲取可能的一切,但目的必须是纯粹为了谋取他们在现实世界上的幸福和快乐。人由于神和泰坦式的骄傲而显得伟大,成为人神”。

像神一样有自尊、自由,这是作家为当时仍然被宗教禁锢的俄国人所展现的光明前景。

从《罪与罚》中马尔美拉多夫一家的苦难到《卡拉马佐夫兄弟》中受折磨的儿童,人们可以感觉到作者没有说出的潜台词是:再也不能这样下去了!生活必须改变!怎样改变?应该变成什么样?伊凡·卡拉马佐夫给我们描述了生活改变的可能的样子。正是在这些反叛主人公身上,表现了作者的所思所想。

青年陀思妥耶夫斯基参加彼得拉舍夫斯基的激进组织,流放归来后思想却滑向了保守主义阵营一边,对自己先前的激进思想来了一次大清算。与此相似,作家笔下的反叛青年,他们最终的命运走向不是忏悔,就是疯狂或者自杀。这样的结局并不完全符合当时的现实,在很大程度上这是作者自己的主观安排，是出于他对信仰的渴望。在陀思妥耶夫斯基看来，基督关于爱与宽容的法则是人类生活的一个支点。失去了这个支点，人的生活就会陷入混乱，一个良知没有泯灭的人就会痛苦、不安，甚至疯狂。正像他否定了自己青年时代的追求，他也否定了这些青年的反叛。

对于陀思妥耶夫斯基来说，真善美必须是联系在一起的，与善脱离的真与美是不存在的。而否定上帝后追求的真理，正是脱离了善的真理。《罪与罚》中，拉斯科尔尼柯夫杀人时的一个细节是很有代表性的。他在杀死放高利贷的老太婆时，老太婆的妹妹撞了进来，拉斯科尔尼柯夫本能地向她举起了斧头，这个虔诚善良的女人成了拉斯科尔尼柯夫的“斧下鬼”。无辜者的死说明，当拉斯科尔尼柯夫这样的知识青年在追求自我、张扬自己的权利意志时，不可避免地要伤害别人的利益，甚至是伤害无辜者的生命。

否定上帝，追求绝对的自由，必将使整个生活失序，使人失去爱的能力，最终变成人类的敌人。总之，失去上帝，将失去一切。

三、基督教精神对于陀思妥耶夫斯基创作的意义

正是在信仰的层面上，陀思妥耶夫斯基深入探讨了人与上帝、人与社会、信仰与自由的种种关系问题。他在这

些问题上的矛盾使作品中的各种思想不分高下地达到了“对话”的状态，也使作品的思想容量非常丰富。他一会儿是穷人的代言人，为被侮辱与被损害者呼吁：“人要有一条路可走！”他一会儿又是基督教的维护者和宣扬者、现实政治的维护者，一再警告：“否定上帝，人类的生活将陷入混乱。”他一会儿又发出知识青年的呐喊：“要自由，要变革！”在《群魔》中，他提出了“假如没有上帝，那人自己就是上帝”的尼采式的超人命题；在《卡拉马佐夫兄弟》中，他通过伊凡指出：只是由于人类自身的弱点：奴性、盲从、崇拜权威，人类才需要上帝而不要自由。正如梅列日科夫斯基所说：陀思妥耶夫斯基思想中的矛盾是上帝与魔鬼结合的结果。渴望信仰而不能信仰，一直是作家心中最大的痛苦。

应该看到，陀思妥耶夫斯基的思想并不是完全分裂的。他找到了统一思想矛盾的制高点：就是在作品中所呼唤的基督并非总是具有客观联系的外在权威，而是使人得到彻底解救、使人摆脱一切限制的内在真理。他阐释、倡导的基督教精神已与传统的俄国东正教有所不同，不再是崇拜圣像、迷信神祇、禁锢心灵的宗教。上帝不再是一个威严的审判者，而是代表了永恒的真理；他不是自由的敌人，而是用爱把人类团结起来、用信仰引导人类灵魂的拯救者。上帝并不是一个抽象的、形而上的存在，而是一个民族灵魂的标志：

> 上帝是一个民族在其从诞生直至消亡的整个期间综合了全体人民的特征而形成的个人。所有民族或许多民族拥有一个共同的上帝,这种情况还从来不曾有过,每一个民族总是拥有一个与众不同的上帝。①

可以说,陀思妥耶夫斯基呼唤信仰,宣扬基督教精神,其目的是要重塑俄罗斯民族之魂,唤起民族的自信。所以,有论者把陀氏的宗教思想称为"文化的基督教"。所以,虽然陀思妥耶夫斯基从来没有清楚地表明自己的"文化的基督教"思想,但这确实是他一生关注信仰问题并在创作中一再探讨这个问题的内在动力。

陀思妥耶夫斯基重塑民族之魂、建立民族自信心的愿望在晚年更加自觉、更加强烈。在一系列演讲和随笔中,作家把俄国和欧洲进行了对比,认为欧洲式的个人主义在俄国是行不通的,那些不信上帝、只信自己的"自我崇拜狂"在俄国没有立足之地。"爱"、"谦让"、"牺牲"这些俄罗斯民族传统中的基督教精神,不但将拯救俄国,欧洲的未来也要依靠俄国。1880 年,在普希金铜像揭幕仪式上,陀思妥耶夫斯基指出:

> 俄国心灵和俄国人民的天才是所有人民中最突出的,它能把全人类大联合、兄弟情谊、冷静的头脑等

① [俄]陀思妥耶夫斯基著,南江译:《群魔》,人民文学出版社 1983 年版,第 333 页。

包容于自身之中。[①]

就这样,19 世纪俄国所面临的社会变革、文化重建等重大问题,被陀思妥耶夫斯基纳入到信仰与灵魂这个框架中。他把社会问题个人化了,把外在的嘈杂纷乱化为内在的挣扎煎熬。虽然解决信仰问题并不能解救俄国于水火之中,但正是通过心灵与信仰,作家深入到人的灵魂最深处。在他的笔下,展现了最丰富、最复杂、最深刻的人性。陀思妥耶夫斯基写人物,不是要刻意勾画人物鲜明的性格,而是要写出人物的心灵面貌;他写苦难,写犯罪,但并不过度关注苦难与犯罪的社会意义,而是在灵魂的层面上剖析苦难与犯罪中灵魂的高下与黑白。对于有人指责自己的作品"怪异"、缺乏"健全的现实主义",陀思妥耶夫斯基自信地辩称:"我只是最高意义上的现实主义者,也就是说,我描绘的是人的内心的全部深度。"[②]正如鲁迅先生所说,他是"一位拷问人类灵魂的残酷天才"。注重从信仰和灵魂的角度思考问题,使陀思妥耶夫斯基的作品达到了空前的心灵震撼和人性深度,成为现代主义文学和存在主义哲学的重要精神源头。

---

① [俄]陀思妥耶夫斯基:《就下面发表的有关普希金的演说所作的说明》,见[俄]Вл. 索洛维约夫等著,贾泽林等译:《俄罗斯思想》,浙江人民出版社 2000 年版,第 116 页。

② [俄]梅列日科夫斯基著,杨德友译:《托尔斯泰与陀思妥耶夫斯基》,辽宁教育出版社 2000 年版,第 265 页。

万物都有内在的相关性

——陀思妥耶夫斯基人物关系学

一、物我合一的认识论与万物具有内在的相关性——独特的认识论与生存法则

西方的认识论是建立在主客对立的二元论上的。不管是意识观照对象，还是对象投射意识，主体与客体的对立是个体思维的基本特质。至于西方的人际生存法则——竞争，则是从他们的文化源头——古希腊神话就已奠定的。无论是阿喀琉斯的个体本位——个人尊严与荣誉的不可侵犯，还是宙斯与乌拉诺斯杀掉自己的父亲称王，都在演绎着同样的生存秩序。

虽然在宗教上与西方文化具有同源性，但俄国人无论在观照现实的意识深处，还是现实中演绎出来的人际生存法则，都表现出与西方完全不同的特质。在认识方法上不同于西方的主客对立，俄国人强调主客融合——以爱与同情进入客体，让客体进入自身之中。以主客体的内外融合把握物自体。著名的斯坦尼斯拉夫斯基体系即“主张体

验，主张演员与角色合一”。在演出中，他们主张演员完全抛弃自我，与角色融合在一起。这种表演理论与俄国人的认识论是完全吻合的。如果把角色与外在世界对等，演员等同个体自我，那么物我合一后的认识就如同演员与角色合一后的表演。

从认识论来看，俄罗斯文化具有典型的东方特征。物我合一的认识论与中国道家创始人老子的“天人合一”观念十分相似。即在认识过程中，淡化主体自身，随物而化。中国近代美学家王国维从美学的角度，以“以物观物”的美学境界表达了同样的思想。

至于生存法则，俄罗斯文化强调的是万物的相关性，而不是差异性；强调合作，而不是竞争。这种生存法则正与俄国人的认识论密切相关。在19世纪俄罗斯文学中表现这些意识与法则特质的，就是圣母情结，底层人民的苦难仿佛是文学家自己的苦难；就是忏悔情结，仿佛所有的罪孽大家都参与了；就是草根情结，以一种颠倒的方式向底层人民致敬。

万物的相关性赋予了俄国作家一种悲天悯人的情怀，也赋予了他们在任何苦难与罪恶面前都有一份责任与担当。正如在托尔斯泰的《安娜·卡列尼娜》中，安娜之罪孽里有卡列宁的罪，有渥伦斯基及其母亲的罪，有彼得堡整个上流社会的罪。甚至可以说，世人都以某种方式参与了她的罪孽。在西方文化浸润俄国、个体自我觉醒的形势下，安娜就是时代的产儿。她的罪也是时代的罪，她的绝望也是时代的绝望(新旧价值观夹缠不清的情势)。所以,托尔斯泰在卷首题词:“伸冤在我,我必报应。”强调的是赏罚权在上帝手里,世人无权评判。

其实,最能体现万物相关性的,是陀思妥耶夫斯基的创作。

二、陀思妥耶夫斯基创作中的几类人物

(一)被侮辱与被损害的

陀思妥耶夫斯基踏入文坛的第一部小说是中篇小说《穷人》。继普希金、果戈理之后,陀氏发扬了19世纪俄罗斯文学写小人物的传统。同时,这部作品奠定了陀氏“城市贫民代言人”的创作立场。他笔下的城市贫民在思想情感上有这样的特点:

1. 底层苦难者具有真情

《穷人》写一个极端贫穷的老公务员杰符什金与一位无依无靠的孤女瓦棱卡之间相互关怀、相互帮助的真挚情感故事。杰符什金穷得连一双靴子都买不起,租最廉价的房子,甚至要卖掉新制服,只为能经常接济瓦棱卡。他们的公寓是面对面的,所以他们能经常望到对方,能从对方的动作身影感受其情绪。但为了不引起流言蜚语,他们只好忍着不见面。如此的友谊没有任何利益动机,也超越了任何功利目的。他们不是父女,却胜似父女。正是在这样最朴素的情感里,显现出人类情感最尊严、最真挚、最美好的一面。

《被侮辱与被损害的》是陀氏流放归来的第一部长篇小说。作品描写了两个家庭的悲剧。导致悲剧的是华尔戈夫斯基公爵父子。娜塔莎与尼丽的母亲都是为了爱情而牺牲了一切:财产、家庭、名誉,最终成了华尔戈夫斯基公爵父子的牺牲品。尼丽一家家破人亡,娜塔莎一家更是经济破败,荣誉受损。但正是这些被侮辱、被损害的,反衬出她们身上有真情,有大爱。至于华尔戈夫斯基公爵父子,老子卑劣阴险、诡计多端、贪婪无耻,儿子则意志软弱、性情轻浮、朝三暮四。如果说娜塔莎与尼丽两个家庭体现了爱情的伟大、亲情的无私奉献,那么故事的叙述者万尼亚与她们的友情则彰显了友情的珍贵。

2. 苦难者的尊严无价

《卡拉马佐夫兄弟》是陀氏晚年一部非常重要的作品,是他创作的集大成者。这部作品中有一个情节是,一位非常贫穷的退役大尉被米卡在大庭广众之下羞辱。米卡的未婚妻卡捷琳娜派阿辽沙送给大尉二百卢布表示慰问。大尉家里有生病的女儿需要医治,全家人经常穷得揭不开锅。大尉已经很长时间没有见过十卢布以上的钱了。所以,当他拿到这二百卢布的时候,非常感动。大尉当着阿辽沙的面诉说这二百卢布可以改善全家人的生活状况,可以给女儿请医生来减轻她的病痛,甚至全家可以到别处谋生,这是他们一家人一直向往的。但是,他突然想到这二百卢布是以自己的尊严换来的,而如果接受这笔钱,他将第二次受到羞辱。接着,他的脸就痛苦地扭成一团,把钱攥成一团，狠狠地甩到地上，吐了一口唾沫，扬长而去。用现实的眼光看，这位大尉的做法也许是不理智的，但是，在陀氏看来，一个人即使再贫穷，他的尊严都是无价的。

3. 以生命捍卫尊严

《被侮辱与被损害的》中的尼丽、《白痴》中的娜斯塔西亚、《卡拉马佐夫兄弟》中的大尉及其儿子伊留沙等人属于这类苦难者形象。尼丽宁愿上街乞讨，也不愿去认禽兽父亲——华尔戈夫斯基公爵。甚至直到临死前，尼丽都在谴责她的父亲。她不肯吃药，不肯治病。潜意识中，她盼着以死来惩罚自己的生身之父——她没有别的办法惩治他。尼丽真正做到了以生命捍卫尊严。

《白痴》的女主人公娜斯塔西亚是以自我毁灭以捍卫尊严的典范。她宁愿接受商人罗果静公开地拍卖她，也不愿接受权力与金钱操纵下的买卖婚姻。娜斯塔西亚跟着罗果静走了，最后被罗果静折磨而死。可以说，娜斯塔西亚用自我毁灭的方式向所有欺凌她、侮辱她的人复仇，这也是她唯一可能的复仇方式。

(二)个人主义反叛者

个人主义反叛者是陀氏中后期作品中出现的主人公，如《罪与罚》的主人公拉斯科尔尼柯夫、《卡拉马佐夫兄弟》的伊凡等人。这是作家着墨最多的一类人物。他们都信奉超人理论，认为世界上只有两种人：一种是如同任人宰割的羔羊；一种是超人、人类的“恩主”。前者是循规蹈矩的牺牲品，是受人驱使的工具；后者则可以逾越法则，为所欲为。一个人不做后者，必然就是前者。

以拉斯科尔尼柯夫为代表的反叛主人公的逻辑是：如果有一个上帝是全知全能的、无所不在的，那么世界上为什么有如此多的丑恶？为什么好人无辜受难？为什么连天真的儿童都遭罪？如果上帝以未来天国的荣光补偿现世的痛苦，那么儿童的眼泪是可以补偿的吗？恶人当道，好人受难，很容易让人得出上帝根本不存在的结论。如果上帝不存在，那么他所象征的道德律令也就不具备神圣的意味，对人就没有约束力。那么，人是否就可以为所欲为？自己就可以建立规范与标准？也就是说，人是完全自由的？

拉斯科尔尼柯夫们从自由出发，反叛现存的道德、法律，追求神一样的尊严、自由。但为所欲为只能导致犯罪，而犯罪后他们又无法逃脱良心的谴责。最终，经过苦难的洗礼，在爱的引领下，他们回归传统。

（三）在世基督，迷乱时代的导航员

代表人物是《罪与罚》的女主人公索尼娅、《卡拉马佐夫兄弟》的阿辽沙等。

以索尼娅为代表的这类人物是迷乱世界的拯救者、心灵的导航员。他们或者生活在社会的底层，或者出身于罪恶家庭，但无论什么样的罪恶都无法污染他们。他们心灵纯洁，哪怕受再多的苦难也不抱怨。他们的品质是虔诚、善良、忍耐、宽恕，他们是牺牲者和拯救者。甚至可以说，他们是在世的基督与圣母。

三、地球是圆的——人类处于同一个动力系统中

陀氏笔下有三类人的人生观、价值观看起来泾渭分明，人生遭遇殊异，一方对于另一方来说似乎是另一个世界的人，但其实，他们处于一个关系密切、互相联动的社会系统中，他们的命运相互影响、相互关联、相互推动，分别肩负着作家对社会的拷问、反叛与救赎。

首先，陀氏通过无辜者的眼泪、牺牲以及纯洁、善良之人的苦难拷问社会。19 世纪俄罗斯文学的一大主题是"谁之罪"？陀思妥耶夫斯基正是通过这些形象质问社会：谁应该为他们的苦难负责？谁导致他们生活在水深火热之中？尼丽的善良、坚强令人动容，她的悲惨命运更令人扼腕，是什么戕害了善？娜斯塔西亚的美丽与骄傲令人震撼，她的死更叫人叹惜，是什么毁灭了美？伊留沙小小年纪就体会了屈辱，是谁夺走了童真？

作为"城市贫民代言人"，陀氏为民众的苦难哀叹，膜拜他们的情操，捍卫他们的尊严。而当政权一再给底层的人民制造苦难，无视他们的情操，剥夺他们的尊严，那么这个政权就丧失了其存在的合理性、合法性。通过对底层民众苦难的描绘，陀氏的社会思想批判达到了前所未有的深度。

其次，个人主义反叛者的命运总是与苦难者紧密联系在一起的。在某种程度上，苦难者的命运奠定了个人主义

反叛者的行为逻辑，是他们罪行的辩护词。如拉斯科尔尼柯夫与马尔美拉多夫一家的关系，马尔美拉多夫绝望的处境让他看到了一个人在走投无路时的悲愤、无奈、绝望；伊凡·卡拉马佐夫则以儿童的眼泪拒绝了为未来的黄金时代的和谐美好做出牺牲与忍耐。

拉斯科尔尼柯夫们因为社会的不公、丑恶，试图以对抗与反叛确立某种秩序。苦难者的命运赋予了他们的反叛以某种正义性、向善性。如果说他们总不免表现出某种骄傲与自大，是因为在他们的幻想里经常把自己当做人类的恩主。如果说苦难者的形象在质问社会，那么个人主义反叛者就是在拷打社会，以犯罪的方式拷打社会的不公平。

最后，是像基督、圣母一样的人。他们在苦难面前不是抗争，而是忍耐；他们对于上帝的永恒天国无限信仰，没有丝毫怀疑；对于折磨、羞辱他们的敌人，亦大度宽容。多数时候，他们是这个世界外在物质拥有最少、内心却无比丰厚的人，他们象征着爱与救赎。某种程度上，他们超越了现实生活，以“彼岸”姿态介入现实。

《罪与罚》中的索尼娅这一形象是万物相关性的符码。这个被生活剥夺至一无所有的女子，要靠出卖肉体养活全家。她是苦难的代表。同时，她一步步引导拉斯科尔尼柯夫忏悔、赎罪、自首，是反叛者拉斯科尔尼柯夫的精神向导、灵魂引路人。索尼娅虽然是一个妓女，但在精神上她更像圣母。在精神世界里，她完全超越了妓女身份所带来的低贱、屈辱。在小说的结尾,西伯利亚的苦役犯称她“母亲”,给她带上了圣母的光环。

索尼娅代表了苦难、救赎。有意味的是,如果她没有碰到拉斯科尔尼柯夫,她可能就无法提升自己而成为“救赎者”。而拉斯科尔尼柯夫如果没有碰到她的父亲,他的反叛行动就可能推迟甚至不会付诸实践。犯罪后的拉斯科尔尼柯夫如果没有碰到索尼娅,也难以走向新生。

索尼娅自身结合了现实中最低贱与最崇高的角色。陀氏认为:正是索尼娅这样的人民是未来俄国的希望,他们预示着俄国的未来、人类的未来。只有虔诚、善良、忍耐、宽恕才是人类的得救之道、社会的出路所在。人类只有团结在爱的旗帜下,和谐的黄金时代才能到来。陀氏也通过这些形象回答了 19 世纪俄罗斯文学的另一个主题——“怎么办?”

四、善与恶的相关性

法国喜剧作家莫里哀笔下的人物都是某种性格或情欲的代表,甚至是化身。阿巴贡是吝啬的化身,答尔丢夫是伪善的化身。从头至尾,吝啬与伪善就是他们最基本的情欲冲动,这些性格特质像标签一样为他们定性。与莫里哀笔下的人物相比,陀思妥耶夫斯基的人物表现出不确定性。正如地下室主人公所说:聪明人绝不会一本正经地成为什么东西,只有傻瓜才会成为这个那个的。这虽是地下室人的自嘲,却道出了陀氏笔下人物的本质特点。

不确定性尤其体现在作家的反叛主人公身上。从拉斯科尔尼柯夫到伊凡·卡拉马佐夫，这些探索主人公在善、恶两极之间摇摆。他们从追求为所欲为到犯罪，进而良心受到惩罚，最终走向新生。他们的心路历程概而言之，即自由—恶—犯罪—惩罚—新生(善)。

恶与上帝的问题是欧洲哲学与宗教中的悖论。在某些哲学家与宗教家那里，恶意味着否定上帝之存在。当然也有不同的说法。古希腊的伊壁鸠鲁认为，上帝创造了世界以后，并不负责掌管世界。所以，恶与上帝无关。乐观的莱布尼茨则认为，因为事物的相对性，所以上帝创造恶是为了善。德国哲学家谢林则认为，恶产生于上帝，是上帝理念的一部分，是善的扭曲。它具体产生于人过度使用自由而把自己与整体割裂开来的时候。

德国哲学对于19世纪俄国作家产生了很大影响，尤其是自由与恶的问题。这是陀思妥耶夫斯基创作的中心问题之一。个人主义反叛者们正是在感觉自己是自由的，可以为所欲为时走向了犯罪，又在基督爱的指引下忏悔赎罪，走向新生。别尔嘉耶夫认为："在陀思妥耶夫斯基那里，关于自由的论题是和关于罪的论题紧密相关的。没有自由，恶便无法说清。恶出现于自由之路……自由之路转向自由意志，自由意志导向恶，恶导致罪。"罪则导致罚。罚既来自外在的社会法律，也出自内在的人性。在恶向善的循环转换之间，没有绝对的恶。恶只是走向善的一段路程，是灵魂的炼狱。

在恶向善的转化过程中,苦难起了至关重要的净化作用。具体在拉斯科尔尼柯夫们身上,就是良心的痛苦折磨。“苦难的理想化”是陀氏创作的一种倾向。陀氏认为,世人要想赎罪,就必须经过苦难的净化,背负起沉重的十字架,走向天国之门。除苦难外,爱可以洗净全世界的恶。如果说罪人必须经过炼狱之火的烧炼,那么同时人们必须用爱和宽恕来拯救他们。《罪与罚》中,拉斯科尔尼柯夫杀人后饱受良心的煎熬,当他终于向索尼娅坦露内心的隐秘时,索尼娅紧紧地抱住了他。这一举动,“在他的心坎里浪潮般地涌起一股已经好久没有过的感情,他的心一下子软下来了……从他的眼里滚出来的两滴泪水挂在睫毛上”。面对拉斯科尔尼柯夫的罪,索尼娅首先是用爱和怜悯来包容,而不是谴责。正是在索尼娅高尚无私的爱的感召下,拉斯科尔尼柯夫战胜了恶,走向了新生。

为所欲为的绝对自由,即使不走向犯罪,也并不能让人体会到幸福。因为完全的自由意味着人要“原子化”生存,要一盘散沙式地生存。每个人孤立自闭,社会将缺乏凝聚力,个人也会变得孤立无援。自由就成为人的敌对力量。

把自由与恶联系起来,是陀思妥耶夫斯基的独特见解。这显然与人文主义者追求自由、平等的价值观背道而驰。其实,在文艺复兴后期,已经有人文主义者反思自由等价值观的负面意义,如莎士比亚的戏剧反映了人性解放基础上的人欲横流。在陀氏生活的年代,俄国正遭受欧洲资产阶级个人主义等价值观的入侵，传统的道德观遭到冲击。陀氏通过塑造索尼娅、阿辽沙等形象来传扬传统的宗教道德，抵制欧洲资本主义价值观的影响。拉斯科尔尼柯夫的忏悔、伊凡·卡拉马佐夫的崩溃正凝聚着作者的思想主张。

五、万物相关与“复调小说”

陀思妥耶夫斯基小说艺术上的最突出的特点，就是赋予了每个人说话时的合理性与足够的立足点。好像谁说话的时候，作者就站在谁的立场上。传统小说不是这样的，它是站在全知全能的立场上叙事，通过对人物与事件的褒贬表达自己的价值观念；或者通过小说的主角表达自己的思想。而陀氏仿佛是每一个人物的辩护人，尤其是他的个人主义反叛者和虔诚的领航员们。在他的每一部小说中，这两种声音不分高下，相互依存，相互感染。所以，巴赫金称陀氏的小说为“复调小说”，也有评论者称之为“对话体小说”。

这两种声音似乎显示了陀氏一生也没有解决自己的思想矛盾，没有解决反叛社会不公与以虔诚、善良感化世界的企图。简而言之，复调的实质就是自由与信仰的问题，这是一个困扰作家一生的问题。陀氏的童年启蒙读物就是一本《圣经》故事，他从小就有强烈的宗教情感，但也深受19世纪五六十年代民主主义思想的影响，对上帝创世并掌管世界持有很深的怀疑态度。陀氏曾经在给亲人的书信中表达过这种怀疑。而且，面对19世纪俄国的现实以及社会的种种丑恶与阴暗，作家无法不怀疑上帝的存在。如果说拉斯科尔尼柯夫还可以通过索尼娅得到救赎而来到耶稣的面前，那么伊凡·卡拉马佐夫则只能堕入精神崩溃的深渊。这证明陀氏无法压制心中反叛的声音。他的"复调"倾向到了晚年变得更加强烈。

复调还体现了陀氏的人生理想。陀氏的理想世界仿佛是一座教堂，在那里，苦难者、罪人与圣人互相拥抱，一起赞美上帝。

罪人与圣人交融碰撞、影响渗透，这才是一个真实的世界，没有罪人，圣人的好显示不出来；没有圣人，罪人就没有未来。东正教讲究聚合性，这个聚合性就是把所有的人聚合在一起，包括好人与罪人。

电影《云图》中有这样一段台词：

> 我们的生命不是我们自己的，从子宫到坟墓，我们和其他人紧紧相连。无论前世今生，每一桩恶行，每一项善举，都会决定我们未来的重生。

这也是陀思妥耶夫斯基的世界观。

主要参考书目

1. [苏联]叶尔米洛夫著，满涛译:《陀思妥耶夫斯基论》，上海译文出版社 1985 年版。

2. [俄]尼·别尔嘉耶夫著，耿海英译:《陀思妥耶夫斯基的世界观》，广西师范大学出版社 2008 年版。

3. [俄]梅列日科夫斯基著，杨德友译:《托尔斯泰与陀思妥耶夫斯基》，辽宁教育出版社 2000 年版。

4. [俄]叶夫多基莫夫著，杨德友译:《俄罗斯思想中的基督》，学林出版社 1999 年版。

5. 梁工:《基督教文学》，宗教文化出版社 2001 年版。

6. [法]安德烈·纪德著，余中先译:《关于陀思妥耶夫斯基的六次讲座》，广西师范大学出版社 2006 年版。

7. [俄]Вл. 索洛维约夫等著，贾泽林等译:《俄罗斯思想》，浙江人民出版社 2000 年版。

8. [美]尼古拉·梁赞诺夫斯基、马克·斯坦伯格著，杨烨、卿文辉等译:《俄罗斯史》，上海人民出版社 2007 年版。

9. 任光宣:《俄罗斯文化十五讲》，北京大学出版社

2007 年版。

10. 徐葆耕:《叩问生命的神性——俄罗斯文学启示录》,广西师范大学出版社 2009 年版。

11. 王汉川等:《基督教文化视野中的欧美文学》,中国盲文出版社 2004 年版。

12. [德]奥斯瓦尔德·斯宾格勒著,吴琼译:《西方的没落》,上海三联书店 2006 年版。

13.《托尔斯泰研究论文集》,上海译文出版社 1983 年版。

14. 戈宝权等:《普希金创作评论集》,漓江出版社 1983 年版。

15. [德]黑格尔著,张作成、车仁维编译:《历史哲学》,北京出版社 2008 年版。

16. [英]以塞亚·伯林著,彭淮栋译:《俄国思想家》(第二版),译林出版社 2001 年版。

17. [美]露丝·本尼狄克特著,北塔译:《菊与刀》,上海三联出版社 2007 年版。

后 记

本书于2007年作为山东省社会科学重点项目立项，经过六年时间，终于完成。

19世纪俄罗斯文学博大精深，底蕴无限，本书着重从文化与文学的关系角度来梳理19世纪俄罗斯文学的一些脉络，揭示文学现象背后的文化母题。为广大俄罗斯文学爱好者提供进入作品的文化路径。这是笔者写作此书的初衷，也可以说是目标。

19世纪俄罗斯文学所涵盖的文化现象，既有政治、宗教、历史，更有哲学、科学、心理学等内容。穷尽19世纪俄罗斯文学所有的文化现象，是笔者力所不及的。因此，笔者选取了几个切入点：从19世纪俄罗斯文学中的“圣母情结”、“草根情结”、“罪感情怀”等几个方面揭示文学作品中情感意象的宗教文化渊源；从“情感模式”、“心灵模式”的角度分析作家的心灵特质及其对创作的影响以及从中显现的民族文化特质；从“人民性”、“平民赞歌”等角度挖掘19世纪俄罗斯文学所蕴含的民粹情怀等价值观念。

本书中的“19世纪俄罗斯文学中的‘圣母情结’”、“19

世纪俄罗斯文学中的罪感情怀与忏悔意识”已分别发表于《东岳论丛》2009年第12期和《山东社会科学》2011年第9期。

最后，笔者要诚挚地感谢山东省社会科学规划办公室、山东工艺美术学院科研处以及齐鲁书社。有了他们的热情帮助、热心关怀以及严谨的工作态度，此书才能够最终面世。

屠茂芹

2014年8月

图书在版编目(CIP)数据

十九世纪俄罗斯文学的文化母题/屠茂芹著. —济南：齐鲁书社,2014.9

ISBN 978-7-5333-3237-2

Ⅰ.①十… Ⅱ.①屠… Ⅲ.①俄罗斯文学—文学研究—19世纪 Ⅳ.①I512.064

中国版本图书馆CIP数据核字(2014)第208662号

十九世纪俄罗斯文学的文化母题

屠茂芹 著

主管单位 山东出版传媒股份有限公司
出版发行 齐鲁书社
社　　址 济南市英雄山路189号
邮　　编 250002
网　　址 www.qlss.com.cn
电子邮箱 qilupress@126.com
营销中心 (0531)82098521　82098519
印　　刷 日照日报印务中心
开　　本 880mm×1230mm　1/32
印　　张 8.75
插　　页 2
字　　数 200千
版　　次 2014年9月第1版
印　　次 2014年9月第1次印刷
标准书号 ISBN 978-7-5333-3237-2
定　　价 32.00元